Lucy in the Sky

oder das 10x-Gen

ein Thriller ohne Tote
von

Ulrich Markwald

„Ich will, dass ihr in Panik geratet. Ich will, dass ihr die Angst spürt, die ich jeden Tag spüre. [...] Ich will, dass ihr handelt, als würde euer Haus brennen. Denn es brennt.“

Greta Thunberg

(in ihrer Rede beim Weltwirtschaftsforum in Davos im Januar 2019)

Vorwort

„Die Liebe in den Zeiten der Cholera“ - Was für ein Titel für einen Roman! Der würde mir auch gefallen. Natürlich möchte ich mich nicht mit Gabriel Garcia Marques messen. Gerne aber hätte ich geschrieben: Die Liebe in den Zeiten des Klimawandels – aber das war mir zu platt...

In diesem Buch gerät eine junge Soziologin unfreiwillig in einen Klimakrimi und beginnt sich zu verlieben, in einen Kontinent, in einen Mann, vielleicht in eine neue Rolle ...

Im Text werden immer wieder *Songs* erwähnt. Ich habe dazu eine Playlist auf YouTube erstellt. Mit der möchte ich Dich mit auf die Reise der Heldin mitnehmen. Auf der letzten Seite des Buches findest Du einen QR-Code, mit dem die Seite aufgerufen werden kann. So ist es möglich, wenn gewünscht, mit dieser Musik bei den Erlebnissen dabei zu sein.

In diesem Buch werden männliche und weibliche Bezeichnungen nach Möglichkeit im Wechsel verwendet.

Flugangst

Lucy wollte eigentlich gar nicht nach Pretoria fliegen. Sie hätte es cool gefunden, wie Greta über den Atlantik zu segeln. Sie würde auch lieber mit einem Schiff fahren. Denn sie hatte schon immer Flugangst.

Laufen, die Erde unter den Füßen spüren: Ja. Schwimmen, im Wasser schweben: Ja. Reiten, sich mit einem Pferd verbunden fühlen: Ja. Aber fliegen?

Im duty free shop kaufte sie sich drei kleine Fläschchen Whisky, die sie dann im Flugzeug in ihre Cola goss und langsam trank. Der Geschmack erinnerte sie an frühere Disco-Erlebnisse, bei denen sie sich auch vorher diese Mischung verabreichten, *vorglühten*, wie sie damals sagten. Mit diesen Erinnerungen und dem Einsetzen einer leichten Benommenheit bekam sie das Abheben des Fliegers nicht mehr so ganz mit.

Sie sah aus dem Fenster. Berlin-Tegel wurde immer kleiner, der Himmel kam immer näher. Der Schub drückte ihren Rücken gegen den Sitz. Wieder juckte es an ihrer rechten Schulter, genauer gesagt an ihrem Schulterblatt an einer Stelle, an der sie mit der Hand nicht hinkam, wenn sie ihre Jacke anhatte. Ein Insektenstich? Nein, da war doch im Flughafen im Gedrängel ein leichter Schlag auf die Schulter gewesen. Sie spürte es, seit sie durch die Sicherheitsschleuse gegangen war.

Aber nun flog sie und das Flugzeug lag ruhig in der Luft. *Lucy in the Sky with Diamonds* fiel ihr ein. Dieser Beatles-Song hatte ihrem Vater gefallen. Ihr gefiel er nicht besonders, sie mochte eher die Lieder der 90er und 2000er. Zum Beispiel hörte sie mit 14 ständig die Songs von *Avicii*. Es ging Lucy oft so, dass in besonderen Lebenssituationen plötzlich Musik da war, die sie begleitete und die sie durch den Tag trug. Jetzt war es *Heaven von Avicii*. Sie setzte ihren Kopfhörer auf und verband sich mit ihrem Smartphone.

In Zürich hatte sie bei der Zwischenlandung zwei Stunden Zeit. Sie schlenderte wieder durch die zollfreie Zone und „glühte" noch einmal nach. Leicht benommen setzte sie sich in den Wartebereich und beobachtete die vielen Menschen. Das Geräusch der Rollkoffer, die neben oder hinter den Fluggästen hergezogen wurden, übertönte die Gesprächsfetzen der anderen Menschen. Über eine Million Menschen waren jeden Tag gleichzeitig in der Luft, hatte sie kürzlich gelesen. Eine ganze Großstadt – ständig in den Wolken.

Sie schaute sich langsam um. Die Business-Frauen und Business–Männer waren klar von den Touristen zu unterscheiden. Manche hatten Hawaii-Hemden an, manche dicke Pullover, manche edle Anzüge. Was zog die Menschen so in die Welt hinaus? Abenteuer? Abwechslung? Jobs? Wo würde sie gerne mal hin? Bilder von Meer und Seen tauchten vor ihrem inneren Auge auf - allerdings würde sie nicht fliegen. Ein leichtes Fernweh befiel sie.

Der bärtige Mittdreißiger, den sie gerade fixierte, unterschied sich ein wenig von den vorher genannten. Sie fand ihn auffällig unauffällig gekleidet. War er auf einer geheimnisvollen Mission unterwegs? Nun schaute er zu ihr, wandte den Blick aber gleich wieder ab. Er erhob sich und ging fort.

Nach dem erneuten Start schaute sie hinaus. Die Schweizer Berge lagen schon unter Wolken verborgen. Ein „Bing" und eine Leuchte kündigten nach einer Weile an, dass sie die Reisehöhe von etwa 10.000 Metern erreicht hatten und sie sich abschnallen konnten. Aus dem Fenster waren jetzt nur noch weiße Wolkentürme von oben zu sehen.

Ihr Gesicht spiegelte sich im Fenster der Maschine – sah sie betrunken aus? Nein. Ihre kurzen blonden Haare waren zwar etwas zerzaust, aber das einfache Makeup um ihre stahlblauen Augen hielt. Die Furche zwischen ihren Augenbrauen – ein Stressanzeiger – hatte Normaltiefe.

Ja, ihre Augen. Sie hatte in den 30 Jahren ihres Lebens die Erfahrung gemacht, dass niemand lange ihren Blick aushielt. Besonders bei Männern war das ein echtes Phänomen und manchmal ein Problem. Wenn jemand ihr zu nahe kam, musste sie ihm nur in die Augen schauen und schon wandten die klugen Männer den Blick ab. Die anderen fingen plötzlich an zu blinzeln, als ob sie in zu helles Licht geschaut hätten und waren für einen Moment wie paralysiert. Falls sie einen Mann mal sympathisch fand, was nicht so häufig vorkam, dann schaute sie auf seinen Mund, seine Hände oder seine Oberarmmuskulatur, aber auf keinen Fall in die Augen. Damit er ihr gewogen blieb.

Ihr Vater hatte dieses Phänomen als erster entdeckt. Er untersuchte ihre Augen und stellte fest, dass das Weiße in ihren Augen besonders weiß war und dadurch einen starken Kontrast zur Umgebung abgab. Ihre Iris war klar und von mehreren Blautönen durchzogen. Eiskristallhellblau am Rand und zur Mitte hin erschienen immer dunkler werdende Blautöne, die im Schwarz der Linsenöffnung endeten, so dass ein Beobachter das Gefühl hatte, in ein schwarzes Loch zu fallen. Wenn im Kindergarten andere Kinder sie ärgerten, schaute Lucy sie an, bis sie weinten. Andere Mütter sprachen schon vom „bösen Blick", sodass ihr Vater sie in einem anderen Kindergarten anmeldete. Dann trainierte er mit ihr „lieb gucken", damit sie in Zukunft unbehelligt blieb.

Sie wäre lieber mit dem Zug nach Südafrika gefahren, aber ging das überhaupt? Und wie lange hätte das gedauert? Das Ticket für den Flug bekam sie geschenkt, weil die südafrikanische Republik sie eingeladen hatte, einen Vortrag zu halten. Sie hatte ihn schon oft gehalten, aber nun konnte sie ihn endlich einmal auf Englisch vortragen. Das war gut, da sie ihre Forschungsergebnisse gerne international veröffentlichen wollte: „Neue Wege der Resozialisierung im offenen Strafvollzug". Ihre Uni, die Stadt Berlin und sogar die Bundesregierung hatten ebenfalls Interesse an dem Thema bekundet und unterstützten ihre Forschung und diese Reise finanziell. Vielleicht könnte sie danach an ihre Doktorarbeit denken. Sie fand das Thema interessant. Ein früherer Schulfreund von ihr war mit 21 in den Knast gekommen und danach immer wieder rückfällig geworden. So wie fast jeder 2. Straftäter in Deutschland. In Norwegen war es nur jeder 5. Woran lag das?

Lucy schaute sich um. Wieder viele Geschäftsreisende, Frauen und Männer mit Laptop auf dem Schoß oder auf der Ablagefläche. Ein Pfarrer, eventuell anglikanisch, mit Kopfhörern, ein Typ mit Indiana-Jones-Hut. Die anderen konnte sie von ihrem Sitz aus nicht erkennen.

Sie selbst hatte sich flugzeugbequem gekleidet. Sie fühlte sich wie *Lucy in the Sky* – nur ohne *Diamonds*: Blue Jeans, weißes T-Shirt, Chucks und ihre Lieblingsjacke. Außen weiches dunkel-braunes Kunstleder, innen flauschiges Teddyfutter. Die Farbe war nicht mehr genau zu erkennen. Sie hatte sie von Ihrem Vater zum Abitur bekommen und sie begleitete sie schon seit 12 Jahren. Sie mochte den Geruch nach, ja, was war das eigentlich? Ein bisschen Vanille, ein wenig Parfümduft, nach ihr natürlich und nach etwas Heimeligem, was sie an ihr Kinderbett erinnerte. Lucy hatte sie immer mit dabei, sie war fast mit ihr verheiratet. Selbst wenn sie zu irgendwelchen offiziellen Empfängen reiste – diese Jacke hatte sie entweder an oder sie war im Gepäck mit dabei. Lucy fühlte sich in ihr geborgen. Mit ihr hatte sie schon einiges erlebt. Und das sollte bei dieser Reise so bleiben.

Ihr fiel der Song *This Shirt* von *Mary Chapin Carpenter* ein. Sie singt vom alten Hemd ihres Vaters, das sie überall hin begleitet. Lucy nahm ihr Smartphone und fand den Song in ihrer Playlist. Sie stöpselte ihre Ohrhörer ein …

Sie musste mal und legte alles in ihre Handtasche in der Ablage. Auf dem Weg zur Toilette fiel ihr eine Frau auf – nein, das konnte doch nicht sein – die hatte die gleiche Jacke an! Nein, doch nicht, aber ähnlich, sie besaß innen ein anderes Futter, aber auch die Jeans und das weiße T-Shirt, allerdings mit irgendeinem Logo, samt den kurzen blonden Haaren, machten sie fast zu einer Doppelgängerin. Auf der Toilette dachte sie, die muss ich mir auf dem Rückweg noch einmal genauer anschauen. Ob sie sie ansprechen sollte? Männer würden vielleicht untereinander sagen: „Ey Alter, coole Jacke!" Was würde sie fragen?

Absprung

Als sie aus der engen Toilette kam und schon nach einer Formulierung für die Doppelgängerin suchte, baute sich wie aus dem Nichts ein kräftiger Mann vor ihr auf. Vollbart, braune Augen, die Mundpartie konnte sie nicht sehen, da er eine Sauerstoffmaske davor trug. Der Typ aus dem Wartebereich in Zürich! Bevor sie weiter kam mit ihren Betrachtungen, drückte er ihr ebenfalls eine Maske auf den Mund und knallte ihr einen Rucksack vor die Brust und presste einige Worte hervor, die sie nicht verstand.

Durch seine Maske klang das irgendwie lustig, oder lag das am Whisky? Er bückte sich und öffnete mit einer Art Schraubenschlüssel eine Klappe im Boden. Jetzt sah sie, dass die Passagiere in ihren Sitzen und das Personal mit geschlossenen Augen auf dem Boden lagen. Hatte er sie betäubt? Schnell hielt sie die Maske fest und zog sich das Gummiband über den Kopf.

Wieder rief er ihr etwas zu und als sie nicht reagierte, schubste er sie kurzerhand in die Öffnung.

Es musste der Frachtraum sein. Sie landete unsanft auf irgendetwas Gummiartigem, dann stand sie schwankend neben einem Gepäck-Container. Da sie immer noch nicht reagierte, riss er ihr den Rucksack aus den Händen und legte ihr das Ding an – es war ein Fallschirm!

Oben schien sich wieder die Klappe zu öffnen, aber er war mit drei Sprüngen an einer Ladeluke, öffnete sie – sie wollte ihn noch fragen, wie er die Luke betätigen konnte, wenn das Flugzeug in der Luft war, aber schon riss der Sog beide hinaus. Die eiskalte Luft fetzte ihr ins Gesicht und riss an ihrem Körper. Sie war schlagartig nüchtern.

Ihr erster Gedanke war, wie komme ich jetzt nach Pretoria? Ihr zweiter, ich will noch nicht sterben, und ihr dritter, wie öffne ich einen Fallschirm? In Filmen sah man immer, dass es da eine Reißleine gab. Sie schaute an sich hinunter und merkte, dass es eigentlich hinauf heißen müsste, sie fiel mit dem Kopf nach unten. In einiger Entfernung sah sie sogar noch das Flugzeug, das schnell immer kleiner wurde. Und sie sah in weiter Ferne einen Mann an einem Fallschirm baumeln, und der sich mit jeder Sekunde weiter entfernte. Der hatte ihn also schon geöffnet. Irgendwie schaffte sie es sich zu drehen und fiel nun mit dem Blick nach unten.

Jetzt erwachte Lucys Überlebenswille. Wie lange fällt man aus 10.000 m Höhe. Sie überschlug schnell im Kopf ... etwa drei Minuten. Ungefähr so lang wie ein Song, passen würde jetzt *Fallin'* von *Alicia Keys.* Sie suchte die Gurte des Fallschirms ab und entdeckte eine rote Schlaufe. Sie zog daran und nun fluppte ein kleiner Fallschirm heraus, flatterte kurz und zerrte den großen Schirm mit sich. Ein Schlag riss an ihrem ganzen Körper und dann hing sie im langsam fallenden Schirm. Nachdem sie sich von dem körperlichen Schock etwas erholt hatte, durchströmte sie ein Glücksgefühl – sie schwebte und sie lebte noch.

Unten formte sich Landschaft. Die sah ziemlich wüst und leer aus. Genauer gesagt: es war Wüste und Leere. Weit und breit nur Dünen. Aber was für welche! Eine kam ihr auch schon entgegen. Wie war das nochmal mit Abrollen? Aber da steckte sie auch schon bis zur Hüfte im Sand.

Wüste

Irgendwie gelang es ihr den Fallschirm und die Sauerstoffmaske zu lösen und sich aus dem Sand zu befreien. Sie schaute sich um und sah in allen Richtungen nur Sand, Dünen und Horizont. Wo um Himmels willen war sie gelandet? Afrika auf jeden Fall - und Sahara war naheliegend. Die Sonne ging langsam unter. Sie wusste aus Romanen, dass es nachts sehr kühl werden konnte. Gut, dass sie noch ihre Jacke und den Fallschirm hatte.

Sie dachte: Jetzt müsste doch eigentlich der Abschnitt im Roman kommen, wo sie nach langem Dürsten und mit aufgesprungenen Lippen von einem sympathischen Wüstensohn mit tiefblauen Augen gerettet würde.

Könnten wir diese Phase bitte überspringen? rief sie laut. Nur ein feines Säuseln des Windes kam als Antwort. Ihr fiel der Song *Unendlich* von *Silbermond* ein: „Meine Augen suchen Wasser in der Wüste..."

Die Nacht war kalt. Sehr kalt. Aber sie hatte sich mit der Fallschirmkappe aus Kunstseide einwickeln und schützen können. Jetzt im Morgengrauen spürte sie ihren Durst und ein ungewohntes Knirschen im Mund: Sand. Die Sonne ging schnell auf. Noch fühlte sich das gut an. Was hatte sie dabei? Kein Handy, keine Handtasche, keine Uhr, keine Sonnencreme. Nur ein dünnes Goldkettchen mit einem kleinen Kreuz. Und natürlich ihre Jacke. Sie schnuffelte hinein. Sie dachte an ihren Vater. Das beruhigte sie ein wenig. In den Jackentaschen fand sie dann einen Kugelschreiber, eine Büroklammer, einen nicht aufgeblasenen Luftballon von irgendeinem Parteikongress, Lippenstift, ein Hustenbonbon, das sie jetzt in den Mund schob, um den Sand herunterzuschlucken.

Ihre Eltern hatten sie Lucia Madeleine genannt, weil ihr Vater Schweden liebte und ihre Mutter Frankreich. In Schweden wird jedes Jahr in der Vorweihnachtszeit am 13. Dezember das Fest der heiligen Lucia gefeiert. Lucia bedeutet *die Leuchtende*. Dort ist es Brauch, dass ein blondes Mädchen einen Ring mit brennenden Kerzen auf dem Kopf durch das Haus trägt. Ihre Mutter dagegen mochte die Sängerin *Madeleine Peyroux*. So kam sie zu zwei völlig unterschiedlichen Vornamen. Wenn ihre beiden Eltern aber beide Namen zusammen aussprachen, dabei noch die Hände in die Hüften stützten, dann wusste sie, dass sie etwas angestellt hatte. Ihre Freundinnen nannten sie aber irgendwann Lucy – das hatte sich durchgesetzt, und so war es bis heute geblieben.

Sie schaute sich um. Würde es etwas nützen, wenn sie in irgendeine Richtung lief? Und wo war eigentlich der Typ mit dem Bart und der Atemmaske? War das Flugzeug abgestürzt, weil alle betäubt waren? Wo war ihre Doppelgängerin? Sie grub einen Teil des Fallschirms in den Sand, den anderen ließ sie herumflattern – vielleicht sah ihn jemand.

Sie dachte an ihre Mutter. Sie war früh gestorben, als Lucy gerade 16 geworden war und sie angefangen hatten, sich von Frau zu Frau zu unterhalten. Zieh immer ein frisches Höschen an, hatte ihre Mutter zu ihr gesagt. Und wenn ein Mann es dir ausziehen will, dann hau ihm auf die Finger! Damit sie das nicht tun musste, hatte sie immer den Männern zuerst die Hose ausgezogen. Aber bevor ihre Mutter weitere gute Ratschläge geben konnte, hatte der Krebs sie geholt. Seitdem konnte sie keine Krebse mehr essen. Auch das Wort kam ihr nur schwer über die Lippen.

Plötzlich erkannte sie eine Bewegung am flimmernden Horizont. Sie blinzelte, in den Augen brannten inzwischen Sonne und Sand. Eine Fata Morgana? Sollte sie ihr winken? Die Erscheinung kam näher und entpuppte sich als Pferd, Moment! Zwei Pferde und...? Gab es auch einen Fatus Morganus? Es schien ein männlicher Reiter zu sein, der noch ein weiteres Pferd hinter sich her zog. Sie kamen direkt auf sie zu, wurden langsamer und zeigten sich nicht als optische Täuschung sondern als Wesen aus Fleisch und Blut. Sie war vorsichtig. Was ging hier vor? Wie hatte er sie gefunden? Der Beduine sprang ab. Nun erkannte er, dass sie eine Frau war, er verbeugte sich höflich und sagte:

Salām Aleikum.

Gut, das konnte sie auch: Wa aleikum as-Salām.

Dann war sie aber doch überrascht, als der Mann sie in perfektem Englisch ansprach. Er habe ihren Absprung gesehen und gehofft, sie würde die Nacht trotz der Schlangen, Skorpione und der Kälte überstehen. Sie schaute sich um. Schlangen?

Davor hatte sie keine Angst. Aber Skorpione mochte sie nicht. Er schaute in ihre Augen. Lucy wandte den Blick auf seine Hände. Sie waren gepflegt und sahen nicht nach Kameltreiben aus. Er war trotzdem etwas verunsichert.

Ob sie reiten könne? Sie wollte schon scherzhaft antworten:

And wether (und ob!), aber sie wusste, dass er diesen Scherz, den sie gerne mit ihren Freundinnen machte, nicht verstehen würde.

So nickte sie nur. Reiten hatte sie schon wie viele kleine Mädchen früh gelernt. Sie war sogar einige Jahre Turniere geritten. Allerdings hatte dieses Pferd hier keinen richtigen Sattel sondern eher einen Teppich. Es war nicht sehr hoch, so dass sie sich leicht aus dem Sand aufschwingen konnte.

Bevor sie noch nach Wasser fragen konnte, reichte er ihr eine Flasche und ritt los. Sie trank sie leer, dann folgte sie ihm. Sie gelangten nach einer knappen Stunde in eine Oase. Unglaublich, mitten in der Wüste so viel Grün zu finden, und endlich Schatten. Allerdings sah sie auch etliche verdorrte Palmen und Sträucher. Diese Oase hatte schon bessere Zeiten gesehen und schien auszutrocknen.

Neben den Zelten standen einige runde Objekte mit etwa zwei Metern Durchmesser in Wüstentarnfarben gestrichen. Radaranlagen? Was war das hier?

Sie sprangen ab. Eine junge Frau erschien und führte beide in ein geräumiges Zelt. Sie stellte sich als Mirjam vor. Sie setzten sich. Nun wurde sie fragend angeschaut. Lucy erzählte, wie es zu dem Absprung kam, und wie sie ihn überlebt hatte. Der Beduine schien nicht sehr überrascht. Er machte den Eindruck als wüsste er mehr. Die junge Frau dagegen hielt die Hand vor den Mund. Sie machte einen erschrockenen Eindruck. Alle schauten etwas ratlos. Lucy wusste auch nicht, wie es jetzt weiter gehen sollte. Es schien, als wollten sie etwas von ihr – aber was?

Irgendwie muffelte es in dem Zelt nach Schweiß. Sie roch diskret an ihren Achseln, oh, das war sie. Außerdem würde bald ihre Menstruation einsetzen, obwohl, dachte sie, bei dem Stress?

Ja, aber eine Dusche wäre jetzt toll. Die Beduinin erkannte die Situation und ergriff respektvoll Lucys Hand und führte sie in ein Nebenzelt. Dort stellte sie sie in eine kleine Wanne mit ein wenig Wasser, entkleidete sie und begann, sie mit einem weichen Schwamm abzuwaschen. Lucy war es etwas peinlich, aber sie war auch gerührt.

Sie fragte die junge Frau, wovon sie hier in dieser Oase lebten.

Wir werden von außen versorgt. Das hier ist eine militärische Radarstation, antwortete sie. Aber es wird sie nicht mehr lange geben. Der Klimawandel trocknet die Oasen in diesem Teil Afrikas langsam aus, antwortete sie in einwandfreiem Englisch.

Ich bin hier angestellt und arbeite als Kontaktfrau zur einheimischen Bevölkerung, erklärte sie weiter.

Dann ließ sie ihr eigenes Gewand, einen Burnus, fallen und stieg nackt zu ihr in die Wanne. Lucy war sprachlos. Mirjam umarmte sie langsam. Mit dem Schwamm fuhr sie nun über ihren Rücken und inspizierte dabei anscheinend ihre Haut. Ein Schauer durchlief Lucy. In diesem Moment spürte sie, wie etwas warm auf der Innenseite ihrer Schenkel herunterlief. Sie schaute auf ihre Füße, das Wasser färbte sich rot. Jetzt blickte auch Mirjam nach unten. Sie erkannte die Situation, lächelte, entstieg der Wanne und holte etwas aus einem Beutel, der an der Seite des Zeltes herabhing. Ein kleines rundes Schwämmchen hielt sie ihr hin. Es dauerte einen Moment, aber dann fiel Lucy ein, dass sie schon einmal davon gehört hatte. Ohne zu zögern nahm sie den kleinen Schwamm, stellte ein Bein auf einen Hocker und führte ihn ein.

Ehe sie sich bedanken konnte, hörten sie draußen einen Fahrzeugmotor aufheulen. Dann entstand ein Stimmengewirr und ein lautes Streiten. Mirjam zog sich schnell an und Lucy folgte ihrem Beispiel. Sie gingen in das Hauptzelt zurück. Da stürzte auch schon ein Mann hinein. Der Bärtige aus dem Flugzeug! Die andern Männer folgten ihm, allen voran der sympathische Reiter.

Scheiß

Sie müssen sofort mitkommen! rief der Bartträger Lucy zu ohne die andern zu beachten.

Sie blickte zum Reiter, der zuckte mit den Achseln. Die Männer schienen sich zu kennen. Er fuhr fort:

Sie sind in Gefahr. Ich bringe Sie in Sicherheit!

Ich fühle mich hier eigentlich ganz sicher…

Sie schaute zu Mirjam, die nickte ganz leicht mit dem Kopf. Also gut, antwortete sie, ich brauche nur meine Jacke.

Sie drückte Mirjam an sich, sagte: Danke, rief „Salām" zu den andern und sprang in den Wagen, dessen Motor noch lief.

Bevor sie fragen konnte, warum sie in Gefahr sei, drückte der Bärtige ihr eine Pappschachtel mit einem gefüllten Fladen in die Hand. Ein Sechserpack mit großen Colaflaschen stand im Fußraum. Sie war wirklich hungrig und durstig. Es war nur nicht einfach zu essen und zu trinken während der Landrover über die mit Schlaglöchern gespickte Sandpiste raste. Nachdem sie mit einigen Mühen den Fladen mit scharfer Gemüsefüllung und eine halbe Flasche Cola zu sich genommen hatte, stellte sie ihre Frage. Er antwortete:

Was soll der Scheiß? Merkst Du nicht, dass der Scheiß-Chip bei Dir in höchster Gefahr ist? Erst das Scheiß-Flugzeug, dann die Amerikaner hier, die eigentlich nichts davon erfahren sollten. Wir müssten längst in Südafrika sein. Stattdessen hängen wir hier in diesem Scheißland herum und sind zur Zielscheibe geworden.

Ziemlich viel ‚Scheiß' in so wenigen Sätzen fand sie, aber dann fragte sie:

Welcher Chip? Wo hab' ich denn einen Chip? Und wozu ist der gut?

Der Bärtige flippte fast aus. Wenn er nicht sein Steuer ziemlich gut festhalten müsste, wäre er ihr wohl an die Gurgel gesprungen:

Du müsstest doch am besten wissen, wo der Scheiß-Chip ist! Sie haben ihn Dir doch irgendwo implantiert. Und was drauf ist? DU solltest doch alles über dieses Scheiß-Gen wissen!

Langsam näherten sie sich einer Stadt. Ein Schild am Straßenrand sauste vorbei:

Bienvenue a ZINDER!

Lucy war verblüfft. Hier waren sie also, in Niger, am Rande der Sahelzone. Und der Mann hielt sie für jemand völlig anderes. Er musste sie verwechseln. Ihr kam die Frau im Flugzeug, die mit der ähnlichen Jacke, in den Sinn. Aber die war wohl jetzt schon in Südafrika. In ihrem Hirn arbeitete es. Was würde der Bärtige mit ihr machen, wenn er erführe, dass sie nicht die gewünschte Person war? Wie könnte sie ihn noch eine Weile im Glauben lassen, sie sei die Richtige?

Ach, ja, natürlich – das Scheiß-Gen! Was weißt Du eigentlich darüber?

Tatsächlich nahm er ihr das ab:

DU bist doch die Regenwald-Tussi. Du oder Dein Typ, Ihr habt ein neues Gen entdeckt, und das kann Urwaldpflanzen schneller wachsen lassen. Mindestens 10-mal schneller oder so! Ihr meint, damit könnte das Klima gerettet werden. Wäre auch scheißnotwendig, oder?

Sie kamen jetzt in Vororte von Zinder und mussten langsamer fahren. Lucy setzte nach:

Da weißt Du ja ganz schön viel. Wovor musst Du mich denn jetzt beschützen?

Er schrie sie wieder an:

Du kapierst aber auch gar nichts! Ihr sitzt da bloß in Euren Scheiß-Labors und entwickelt ein Scheiß-Gen und überlegt nicht, was das für Konsequenzen haben kann. *Mann*, denk doch mal nach!

Ich bin *Frau*! unterbrach sie ihn.

Er ließ sich in seinem Redefluss nicht beirren:

Da gibt es Leute, die finden es Scheiße, dass der Regenwald so schnell wieder wächst, zum Beispiel Drogenbosse oder die Rindfleisch-Mafia. Dann gibt es welche, die denken weiter: Kann man das Gen auch in andere Pflanzen einbauen? Weizen, Mais, Kaffee, Kakao, Coca, Cannabis, Schlafmohn? Und vergiss nicht militante Christen aus Amerika, die nicht wollen, dass Du in die Schöpfung eingreifst, oder? Und ruck zuck hast Du zig Feinde! Und wir haben noch gar nicht über die Scheiß-Geheimdienste gesprochen. Jeder will das Ding als Erster haben.

Da hatte er bestimmt recht. Ihre Doppelgängerin hatte eine Menge Leute am Hacken, die etwas von ihr wollten, vor allem, wenn sie im Besitz dieser Informationen war. Aber wo konnte nur der Chip sein? Er musste doch wohl mit ihrer Jacken-

Zwillingsschwester unterwegs sein. Oder war sie vorher schon verwechselt worden. Sie grübelte: Was, wenn der Chip ihr irgendwo – sie schluckte – der Schmerz in der Schulter… Hatte ihr da jemand etwas auf oder unter die Haut gesteckt, an der Stelle, wo es so juckte? Wo die Beduinin nachgeschaut hatte? Ihr wurde langsam übel, nicht nur vom Fahrstil des Bärtigen.

Sag mal, unterbrach sie seine Redepause, dann weißt Du auch schon, wie Du mich nach Südafrika bringen und beschützen sollst?

Na klar. Der Plan war, wir treffen dort Vertreter von Umwelt-organisationen, bevor die ganzen anderen Scheiß-Interessenten davon so richtig Wind bekommen, und Du sollst mit denen ein Konzept erarbeiten, oder? Aber durch den Scheiß-Absprung verzögert sich das Ganze und die anderen haben die Gelegenheit auch dort aufzuschlagen. Mit jedem Scheiß-Tag Verspätung wird die Sache gefährlicher – auch für mich.

Wieso sind wir eigentlich aus dem Flugzeug abgesprungen?

Ja, krasser Scheiß, fluchte er, da war eine Bombe an Bord, mit dem Ziel, Dich und den Scheiß-Chip und nebenbei auch mich zu vernichten!

Ja und, ist sie denn explodiert? Und warum die Masken?

Nein, rief der Bärtige, entweder hat sie nicht funktioniert, oder jemand hat sie entschärft, was weiß ich? Aber wir waren schon abgesprungen. Und ich habe das kurzwirkende Betäubungs-Gas ausgelöst, für den Fall, dass neben der Bombe auch noch Terroristen an Bord wären, die das Flugzeug, Dich, mich und den Scheiß-Chip hijacken wollten.

Lucy war froh, dass weder sie noch die anderen Passagiere zu Schaden gekommen waren. Was war wohl aus ihrer Doppelgängerin geworden? Aber jetzt musste sie erst einmal diesen Typen loswerden und dann nach Pretoria kommen.

Sie wollte noch fragen, wie er das Gas überhaupt ins Flugzeug bringen konnte, woher er es hatte, aber inzwischen näherten sie sich dem Zentrum von Zinder. Es war früher Nachmittag und dafür, dass es so heiß und staubig war, waren überraschend viele Menschen unterwegs. Karren, Kinder, Mopeds und Lasttiere kreuzten unkontrolliert die Straße. Stop and Go. Durch das Bremsen, Anfahren, Schaukeln und den Staub wurde ihr immer übler.

Dann musst Du Dir jetzt keine weiteren Gedanken über Südafrika machen, sprach sie ihn an und fixierte ihn dabei. Ich bin nicht die, die Du beschützen sollst. Du hast mich verwechselt. Ich bin Lucy Bucher aus Berlin. Ich bin Soziologin. Ich habe keinen Chip. Ich halte in Südafrika einen Vortrag über Resozialisierung. Apropos – warst Du schon mal im Scheiß-Knast?

Die Wirkung ihrer Worte war unbeschreiblich. Der Bärtige, sie wusste immer noch nicht seinen Namen, erlitt wohl einen mentalen Schock, sprang aus seinem Sitz hoch, er hatte sich nicht angeschnallt, stieß an die Fahrzeugdecke, verlor dabei seine Sonnenbrille, schnappte nach Luft und versuchte Worte zu formulieren. Er griff mit einer Hand nach ihr, erwischte sie in Bauchnabelhöhe an ihrem T-Shirt und presste hervor:

Du, Du verrückte Tussi…

…weiter kam er nicht, denn der Druck seiner Faust auf ihren Magen wirkte wie der Auslöser für spontanes Erbrechen. Und so entleerte sich ihr Magen explosionsartig und befreite sie von dem Druck, den sie die ganze Zeit gespürt hatte. Allerdings hatte sie ihm immer noch das Gesicht zugewandt, da sie eine Antwort auf ihre letzte Frage erwartete. Also landete der zerkleinerte Gemüsefladen samt Cola in seinem Gesicht und auf seinem Oberkörper. Sie sah noch ein paar rote und gelbe Gemüsestückchen in seinem Bart hängen. Sein weißes Hemd hatte jetzt einen braunen Cola-Ton. Einen kurzen Moment hatte sie Mitleid mit ihm. Er hatte wirklich einen Scheiß-Job. Dann stand da dieser Gemüsekarren im Weg….

Während noch Melonen und Kürbisse durch die Gegend kullerten, Menschen sich von Gemüseteilen zu befreien suchten, andere auf den Fahrer einschrien, öffnete sie die Tür und verschwand in einer Hofeinfahrt, die zu einem kleinen Hotel führte. Den entstandenen Lärm und Aufruhr ließ sie schnell hinter sich. Sie überlegte, wie sie wohl jetzt zu einem Zimmer mit Dusche und einem Kamillentee käme. Aber ohne Kreditkarte und mit ihrem momentanen Äußeren gab es da wohl keine Chance.

Heiratsantrag

Sie irrte eine Weile durch die Gegend und setzte sich dann auf eine Treppe in der Nähe eines Hoteleingangs. Woher kannte sie Zinder? Jetzt fiel es ihr ein: Zinder kommt im 1863 erschienenen Abenteuerroman *Fünf Wochen im Ballon* von Jules Verne vor. Ja, ein Ballon wäre jetzt nicht schlecht.

Sie legte ihr Kinn auf ein Knie. Wie und wo war sie da nur hineingeraten? Die Gedanken und Informationen der letzten Minuten schwirrten ihr durch den Kopf, wie die Fliegen, die sie jetzt umkreisten. Sie überlegte gerade, ob sie losheulen oder loslachen sollte, als jemand vor ihr stehen blieb. Sie schaute auf und blickte in das Gesicht eines jungen Beduinen. Er hatte noch kaum einen Bart, war vielleicht 14. Er breitete die Arme aus und sagte mit einem fröhlichen Lächeln:

Salām. Ich heiße Fadi. Heiraten Sie mich!

Er legte dabei eine solche Aufrichtigkeit in seine Mimik und Gestik, dass sie einfach lachen musste.

Ich heiße Lucy. Und wenn Du wüsstest, dass ich keine Kamele, geschweige denn eine Kreditkarte, ein Handy oder sonst irgendwelche Besitztümer habe, dann würdest Du mich nicht zur Frau haben wollen.

Oh, antwortete er, dann haben sie Dich ausgeraubt?

So ähnlich, jammerte sie, ich bin aus dem Flugzeug geworfen worden und ich werde verfolgt.

Er schien nicht überrascht. Es kam in seinem Land wohl häufiger vor, dass Leute aus dem Flieger geworfen und verfolgt wurden. Er dachte kurz nach.

Ich helfe Dir – wenn Du mich heiratest, lachte er.

Versprochen, antwortete sie. Ihr gefiel dieser junge und fröhliche Mann. Er schien offen und ehrlich zu sein – und er hatte Humor.

Gut, dann sind wir jetzt verlobt! Er grinste. Aber bevor wir mit den Hochzeitsvorbereitungen beginnen, machen wir Dich wieder zu einem Menschen. Er zwinkerte.

Fadi führte sie auf verschlungenen Pfaden, auf denen sie nie wieder alleine zurück gefunden hätte, zum französischen Konsulat, das die Amtsgeschäfte für EU-Bürgerinnen in Niger übernimmt. Während sie Geld und Papiere beantragte, würde er ein paar Besorgungen machen.

In der Botschaft war sie nicht die einzige, die alles verloren hatte. Ein Ehepaar aus Bielefeld war komplett ausgeraubt worden, als es die Reisegruppe auf eigene Faust verlassen hatte. Da sie nicht deren ganze Story anhören wollte, suchte sie die Toilette auf und versuchte ihr Äußeres von Essensresten zu befreien und sich einigermaßen frisch zu machen.

Bald wurde sie herein gerufen. Der blasse Botschaftsmitarbeiter kam aus dem Elsass und sprach gut Deutsch. Er war zuerst gelangweilt, aber als sie vom Sturz aus dem Flugzeug und ihrem Vortrag in Pretoria erzählte, kam Farbe in sein Gesicht. Die Bundesregierung aus Berlin hätte sich schon bei allen Botschaften in den umliegenden Ländern gemeldet. Man war besorgt, aber wusste von ihrem Überleben. Sie wollte wissen, woher? Aber er machte ein wichtiges Gesicht und flüsterte nur: Les renseignements généraux – der Geheimdienst!

Nun hatte sie den Eindruck, dass man sie schon wieder verwechselte. Aber sie bekam innerhalb einer Stunde einen Ersatz-Pass, ein Visum, ein Smartphone mit einer aufgeladenen SIM-Karte und großem Datenvolumen. Außerdem erhielt sie eine Kreditkarte mit einem Limit von 10.000 Euro. Sie war verblüfft. Ob die Bielefelder auch so großzügig bedacht worden waren? Irgendwie kam ihr alles merkwürdig vor. Aber sie fragte jetzt lieber nicht nach. Erst mal duschen.

Draußen wartete Fadi. Er strahlte.

Was hast Du bekommen? fragte er, Kamele oder Kreditkarte?

Wo wollen wir hinreiten? fragte sie ihn lächelnd.

Ein Onkel von mir hat ein gutes Geschäft für Kleidung. Dann ein sauberes Hotel. Dann stelle ich Dich meiner Familie vor. Er lachte.

Dieses Lachen war so voller Unbeschwertheit. Wenn sie 15 Jahre jünger wäre, hätte sie sich glatt in ihn verlieben können.

Sie fanden im Basar seines Onkels tatsächlich gute europäische Kleidung. Außerdem empfahl Fadi, der Name bedeutet übrigens ‚Rettung', wie er stolz erklärte, dass sie arabische Kleidung darüber tragen solle, das würde sie unsichtbarer und vieles einfacher machen. Ihre Jacke trug sie nun zusammen mit den anderen Kleidungsstücken plus einige Toilettenartikel in einer Tüte. Erst jetzt sah sie, dass auch diese gelitten hatte, sie entdeckte einen kleinen Riss im Schulterteil. Naja, bei den Ereignissen - kein Wunder.

Als sie nach einer Stunde und gefühlten zehn Tassen süßen Tees den Basar verließen, fühlte sie sich aufgekratzt und fast wie eine Beduinin. Sie trug ein langes Gewand und einen Schal, den sie teilweise über ihre Haare gelegt hatte, so dass man ihr europäisches Aussehen nicht auf den ersten Blick bemerkte, obwohl sie ihre Kette mit dem kleinen Kreuz trug. Daran hatte bisher niemand Anstoß genommen oder auch nur die Stirn gerunzelt. Die meisten Menschen in diesem Land waren Muslime. Sie hatten sich wohl eine tolerante Tradition bewahrt.

Nun steuerte Fadi auf ein kleines Hotel zu. Es war aus Lehm erbaut und gehörte einem weiteren Onkel. Am Empfang war man auf ihre Ankunft vorbereitet, Fadi hatte das telefonisch organisiert. Sie bekam ein großes Zimmer mit Blick auf die Altstadt und ihrem bunten Gewusel. An der Zimmertür verabschiedete er sich von Ihr, nicht ohne den Austausch der Handynummern und den Hinweis auf die Familienvorstellung am nächsten Tag.

Überfall

Lucy duschte ausgiebig, konnte das Schwämmchen austauschen, ließ sich auf das Bett fallen und war sofort eingeschlafen.

Hunger und Durst ließen sie wach werden. Es war 4 Uhr morgens. War es in Berlin nicht nur eine Stunde früher? Sie griff nach dem Telefon auf dem Nachttisch.

Zimmerservice? Ich hätte gerne Falafel und einen Pfefferminztee.

Es funktionierte. Bis das Gewünschte gebracht wurde, grübelte sie über die Worte des Bärtigen nach. Der Chip sollte an oder in ihr sein? Wie könnte sie das herausfinden? Warum wollte Mirjam sie unbedingt mit dem Schwamm abwaschen, das hätte sie doch auch selbst machen können. Wusste sie von dem Chip? Hatte sie ihn an ihrem Körper gesucht? Im Spiegel im Bad hatte sie nur eine ganz kleine Schnittwunde an der Schulter gesehen, eher ein Kratzer.

Und was war an diesem Gen das Besondere, außer dass es Pflanzen schneller wachsen ließ? Sie überlegte: Das wäre natürlich in einer Zeit, in der die letzten Regenwälder abgeholzt wurden, sicher eine tolle Idee für die Wiederaufforstung und das Klima. Die meisten Tropenbäume brauchen lange, um groß zu werden. Die Forschungsergebnisse könnte man doch allen zugänglich machen, dann gäbe es keinen Streit darum, keine Bomben in Flugzeugen, keine Flucht, keine Bärtigen. Oder war das naiv?

Es klopfte. Sie öffnete die Tür. Ein Tablett wurde ihr entgegengehalten, aber nicht von einer Hotelfachkraft oder freundlichen Beduinen sondern - vom Bärtigen! Inzwischen wieder mit frischem Hemd, drängte er sie ins Zimmer, schaltete den Fernseher ein und flüsterte ihr zu:

Hier haben die Wände Ohren. Wir müssen fort – Du bist in diesem Hotel und in dieser Stadt nicht sicher!

Ich will endlich mal ausschlafen. Ich habe Hunger. Ich will in ein paar Tagen in Pretoria einen Vortrag halten, warf sie ihm entgegen. Und außerdem gerate ich jedes Mal nur dann in Schwierigkeiten, wenn Du da bist!

Packen! war seine Antwort. Und Du weißt nicht, welche Schwierigkeiten Du hättest ohne mich! schob er nach.

Sie versuchte ihm in die Augen zu schauen, aber er war schon damit beschäftigt, alle ihre Dinge in die große Tüte von Fadis Onkel zu stopfen.

Wie heißt Du eigentlich? wollte sie von ihm wissen. Vielleicht wandte er sich ihr dann zu?

Geheim, murmelte er und schob sie samt Tüte zur Tür hinaus.

Sie hatte gerade noch ihre Jacke greifen können. Dann liefen sie im Eiltempo zu einer flachen Garage, die aus Beton gebaut, direkt neben dem Hotel lag. Es gab nur ein Stockwerk, das etwa fünf Meter über der Straße lag. Sie war schon wieder nassgeschwitzt.

Als sie gerade in den immer noch von Gemüse und Obst bekleckerten Landrover steigen wollten, den „Geheim" bereits in Fahrtrichtung mit laufendem Motor geparkt hatte, knallten Schüsse durch die langstreckte Garage. Der Bärtige ging in die Knie, schien getroffen und rollte sich unter ein anderes Fahrzeug. Instinktiv duckte sie sich. Sie reagierte blitzschnell, öffnete geduckt die Beifahrertür, löste die Handbremse und legte den Automatikhebel des Landrovers auf *Drive*. Dann sprang sie hinter einen Hotellieferwagen und blieb still liegen. Die

Schützen gaben noch ein paar Schüsse auf den Landrover ab, der inzwischen an Fahrt gewonnen hatte. Scheiben splitterten, Querschläger flogen durch die Gegend. Was auch immer das für Leute waren, sie sah unter dem Lieferwagen hindurch deren Sportschuhe und Jogginghosen, und wie sie zu ihrem eigenen Fahrzeug liefen, die Türen zuschlugen und mit quietschenden Reifen die Verfolgung des Landrover aufnahmen.

Zögernd kam Lucy hinter ihrem Lieferwagen vor und suchte nach „Geheim". Er lag noch unter dem Auto, war am Bein verletzt und blutete. Er zischte durch seine Zähne:

Alles Scheiße! Los, hau ab! Sie dürfen Dich nicht kriegen. Ich komm hier zurecht. Ich find' Dich wieder.

Sie sah seinen entschlossenen Gesichtsausdruck, erwiderte nichts, schnappte ihre Tasche, sprang zur Treppe und sah gerade noch wie der Landrover die Brüstung durchbrach und auf die Straße stürzte. Die Verfolger kamen rechtzeitig zum Stehen, stiegen aus und sahen hinunter.

Da kam eine Gruppe junger Inder um die Ecke, die die Schüsse wohl nicht gehört hatten. Sie redeten fröhlich miteinander, hatten vielleicht die Nacht durchgefeiert. Sie wollten wie Lucy auch in die Lobby des Hotels. Sie schrieb schnell eine SMS an Fadi:

Hol mich im Hotel ab – bin in Gefahr!

Die Inder drängten fröhlich mit ihrem Gepäck in die Lobby. Sie checkten offensichtlich aus. Sie begann ein Gespräch mit ihnen und so gelangte sie schwatzend und unbehelligt in ihrer Mitte zur Rezeption. Am Eingang standen zwei Männer mit schwarzen Sonnenbrillen, die sie auffällig unauffällig fixierten. Lucy wartete gemeinsam mit den Indern, bis sie an der Reihe war.

Sie checkte aus und als sie aufschaute, stand Fadi mit zwei grimmig aussehenden Männern am Eingang. Sie war erleichtert. Das konnten nur die bösen Onkels von seiner Verwandtschaft sein. Die beiden Sonnenbrillen machten sich daraufhin schnell aus dem Staube. Sie lief auf Fadi zu und rief:

Fadi, Darling, Du kommst genau richtig! Ich erzähl Dir alles unterwegs. Stolz brachte Fadi sie zu einem Taxi und öffnete die Tür für sie.

Freunde

Es waren tatsächlich Verwandte von Fadi, der eine betrieb ein Boxstudio, der andere ein Taxiunternehmen. Sie setzten sich also ins Taxi und Lucy erzählte, während sie losfuhren, was vorgefallen war. Es war inzwischen hell geworden.

Wer ist da ständig hinter mir her? fragte sie.

Hier tummeln sich eine Menge Geheimdienste und andere dunkle Gestalten, antwortete Fadi. Zinder hat etwa 325.000 Einwohner. Hier brennt die Luft Tag und Nacht. Angehörige verschiedener Stämme wie Hausa und Tuareg leben hier. Ebenso politische und Klima-Flüchtlinge aus anderen afrikanischen Staaten, die von hier weiter nach Europa wollen.

Ich muss unbedingt nach Pretoria! rief sie laut gegen den Lärm der Straße. Aber nicht mit einer Airline, die werden bestimmt beobachtet. Ich möchte nicht, dass noch einmal ein Flugzeug mit einer Bombe ausgestattet wird! Sie schaute alle drei an:

In Eurer Familie gibt es doch bestimmt einen Onkel mit Pilotenschein und Flugzeug, oder?

Nun entbrannte ein wildes Gespräch zwischen den Dreien in einer ihr unbekannten Sprache mit unbekannten Lauten. Dazu hatten sie auf einem großen Marktplatz angehalten. In diesem Gewimmel interessierte sich keiner für sie. Hier palaverten alle und mit ihrem Beduinengewand und ihrem Kopftuch über ihren blonden Haaren fiel sie kaum auf.

Nach etlichen Telefongesprächen und wieder einem ausführlichen Palaver, das gut eine Stunde im Taxi stattfand, hatten die drei eine Lösung gefunden:

Ok, wir chartern ein Flugzeug und einen Piloten und Du kannst inkognito nach Südafrika fliegen. Allerdings wahrscheinlich nur bis zur Grenze von Botswana. Der Ort heißt Gaborone. Wir bekommen mit diesem Flugzeug keine Landegenehmigung in Südafrika.

Wie weit ist es dann noch bis Pretoria?

Vielleicht 350 km, war die Antwort.

Sie gab ihr OK, wusste aber nicht, auf was sie sich eingelassen hatte. Denn nun begannen wieder alle drei hektisch zu telefonieren. Da sie sehr laut sprachen und gestikulierten, stiegen sie aus, denn sie brauchten Platz für ihre Hände, und redeten auf dem Parkplatz weiter.

Lucy saß alleine im Taxi. Ihr kam der Song *The Letter (Gimme a ticket for an aeroplane)* in den Sinn. War das die richtige Entscheidung, auf eigene Faust nach Südafrika zu gelangen? Und dann auch noch fliegend? Sie zog ihr Smartphone heraus. Bisher hatte sie nur einen Anruf getätigt. Sie würde gerne ihre Eltern anrufen. Oder eine Freundin. Aber war das gefährlich? Die französische Botschaft hatte ihr das Telefon zur Verfügung gestellt, einschließlich SIM-Karte. Konnte sie denen vertrauen? Vielleicht sollte sie wenigstens eine neue Karte verwenden. Aber wen sie auf jeden Fall anrufen konnte und sollte, war die Universität von Pretoria. Sie googelte die Nummer und wurde auch schnell mit dem Sekretariat verbunden. Ja, man bestätigte ihre Vortragszeit und gab ihr noch einmal die Daten des reservierten Hotelzimmers durch. Das hatte vielleicht 3 Minuten gedauert.

Inzwischen waren auch die Afrikaner fertig. Sie setzten sich wieder ins Taxi und man fuhr schweigend los. Eine bedrückte Stimmung herrschte. Sie fragte, was los sei. Fadi wand sich ein bisschen:

Ein Freund von meinem Onkel hat tatsächlich ein Flugzeug. Er fliegt auch nach Botswana, aber Du kannst wahrscheinlich den Flug nicht bezahlen. Fadi wirkte aufrichtig bedrückt.

Was soll er denn kosten?

Er antwortete: 10.000 Dollar.

Ui, sagte sie, das ist ein stolzer Preis.

Ja, meinte er, der Pilot muss unterwegs landen um zu tanken, er muss Leute bestechen, Proviant besorgen. Landung und Start kosten Gebühren, Sprit usw. Und er muss die Maschine wieder zurück fliegen.

Sie dachte nach. Sie ahnte, sie musste um den Preis feilschen, sonst würde man sie nicht respektieren. Sie sagte mit klarer Stimme: 3000 und er muss für Essen und Getränke sorgen. Dafür darf er gerne noch weitere Personen mitnehmen, die dann ja auch bezahlen. Und eine neue SIM-Karte brauche ich.

Es ging hin und her, Argumente, neue Vorschläge... Da ahnte sie, dass die drei schon einen Preis mit dem Piloten ausgehandelt hatten. Und nun ging es um die Provision, die sie selbst noch herausschlagen konnten. Schließlich einigten sie sich auf 6250 Dollar, all inclusive. Alle schienen zufrieden zu sein, denn sie lachten, klatschten in die Hände und wurden ausgelassen.

Wann geht der Flug? fragte sie.

Übermorgen, sagte Fadi.

Was? Da muss ich schon fast in Pretoria sein. Wir müssen heute noch los!

Bedrücktes Schweigen. War der ganze Deal jetzt geplatzt? Plötzlich prusteten alle Männer los.

Fadi lachte: Das war nur ein Scherz – Du fliegst heute, wir fahren jetzt sofort zum Flugplatz.

Der lag im Südwesten von Zinder. Sie mussten erst einmal durch die Stadt, mit viel Gehupe, vorbei an Moscheen, Straßenhändlern, die rund um die Uhr ihre Waren anboten. Ein kleiner ziviler Flughafen kurz hinter einem Wohngebiet mit unzähligen kleinen Lehmhütten war endlich Ziel und Ende ihrer wilden Fahrt.

Bargeld

Der Flugplatz entpuppte sich als kleiner nationaler Platz mit abenteuerlich aussehenden Maschinen, von denen man nicht wusste, ob sie schon Schrott waren oder ob sie noch flogen. Daneben befand sich die Startbahn, die eher einem Stoppelfeld glich.

Das Flugzeugchen, es handelt sich um eine Maschine, in der maximal 3 Personen mitfliegen konnten, stand bereit. Es sah nicht sehr vertrauensvoll aus. Aber es hatte aus ihrer Sicht alles, was ein Flugzeug ausmacht – Flügel, Propeller und Räder. Jetzt fehlte nur noch, dass der Pilot ein unrasierter Alkoholiker war. Er sah zumindest fast so aus. Er stand bei seiner Maschine mit einem öligen Lappen in der Hand, kam auf sie zu und hatte einen kräftigen geölten Händedruck. Der Mann war Amerikaner, Ex-Navypilot hieß es, hatte einen Vollbart und eine Kappe mit verschiedenen Sternen darauf. Wie alt mochte er wohl sein? 30? 40? 50? Sie wollte schon einsteigen, da fragte er auf Deutsch mit amerikanischem Akzent:

Was ist mit der Money?

Sie zückte ihre neue Kreditkarte.

Oh no, sagte er, Cash only.

Lass mich das machen, rief Fadi, und komm mit.

Sie liefen ein paar Meter und standen vor einer Bank. Tatsächlich gab es hier am Rande des Flugplatzes eine Bankfiliale, falls man das so nennen konnte. Es war auch eine Hütte, allerdings mit festen unverputzten Ziegelmauern und einer Stahltür. Fadi donnerte gegen die Tür. Ein bewaffneter Türhüter öffnete vorsichtig und sah sich in alle Richtungen um. Sie wurden eingelassen. Hinter Panzerglas saß bei schwacher Beleuchtung ein Mensch in einer undefinierbaren Uniform. Fadi erklärte, worum es ging, der Mann nahm die Karte, fragte nach der PIN. Sie sagte, sie wolle sie lieber selbst eingeben. Er reichte ihr den Apparat und grinste. Es dauerte eine Weile, aber tatsächlich bekam sie das Geld, wobei sie erst beim Nachzählen sah, dass das 500 Dollar Gebühr gekostet hatte. Sie wollte sich beschweren, aber Fadi zog sie sanft am Ärmel raus.

Du hast Glück gehabt, wenn Du alleine gewesen wärst, hätte er noch mehr genommen.

Endlich konnte sie sich verabschieden und einsteigen. Der Abschied von ihrem Beduinenjungen fiel ihr nicht leicht. Auch Fadi hatte sein Lachen verloren. Sie sagte leise zu ihm:

Vielen Dank, mein Retter. Heirate eine andere, eine, die Deine Werte schätzt. Und pass gut auf Dich auf.

Start

Als sie im Flugzeug saßen, fiel ihr ein, dass sie ja Flugangst hatte, und dass es keinen Whisky und keine Cola gab. Sie zog fest ihre Jacke um sich. Der Pilot, er stellte sich als Greg vor, gab Vollgas und sie holperten über das Feld. Das kleine Ding raste direkt auf eine kleine Hütte zu. Als sie gerade aufschrie, hob es ab und flog knapp über das Holzdach hinweg. Greg lachte, sagte aber die nächsten Stunden nichts mehr. Sie schaute ihn ein paar Mal aufmunternd an. Ab und zu gab er in ein Navigationsgerät neue Koordinaten ein. Mal flogen sie ganz tief. Mal sehr hoch. Zwischendurch checkte er auf seinem fest installierten I-Phone die Wetterdaten. Er schien alles im Griff zu haben.

Sie hätte sich so gerne mit ihm ausgetauscht, erfahren, was er für ein Mann war, mit dem sie jetzt durch fast ganz Afrika fliegen würde. *Nur ein Wort* - der Song von der Gruppe *Wir sind Helden* passte jetzt ganz gut. Als sie in der Pubertät war, hatte sie die CDs dieser Band rauf und runter angehört.

Nach einer Weile wurde es dunkel. Greg steuerte 3000 Fuß (1000 m) Höhe an, dann stellte er den Autopiloten ein. Das überraschte Lucy, denn äußerlich machte das Flugzeug einen alten klapprigen Eindruck. Innen schien es mit der neuesten Elektronik und Technik ausgestattet zu sein.

Greg sagte zu ihr, sie seien schon über Nigeria und flögen Richtung Tschad. Sie müsse jetzt wach bleiben und auf diese zwei Instrumente schauen. Wenn da was blinke, solle sie ihn sofort wecken. Er wartete ihre Antwort nicht ab, kippte den

Sitz nach hinten und schloss die Augen. Minuten später schnarchte er.

Luftangriff

Lucy hielt ihren Blick auf die Instrumente gerichtet, die ihr wie zwei Augen entgegen leuchteten, aber ihre Augen wollten nach einiger Zeit auch zufallen. Sie kam sich plötzlich sehr einsam vor. Zwischen Himmel und Erde über einem fremden Kontinent - auf wen oder was hatte sie sich da eingelassen?

Sie sagte Gedichte auf, sang leise Kinderlieder, *Ich bin Schni- Schna- Schnappi, das kleine Krokodil* und machte Atemübungen zum Wachbleiben. Ihre Mutter hatte Yoga geliebt und ihr verschiedene Techniken gezeigt. Tatsächlich konnte sie sich an einige Übungen erinnern. Sie sah die kleine Lucy im Wohnzimmer mit ihrer Mutter sitzen. Jede hatte eine Matte auf dem Fußboden ausgebreitet. Sie begannen immer mit einer speziellen Übung, um sich zu zentrieren. Die Geräusche der Umgebung nahmen ab, sie waren ganz fokussiert und in ihren Körpern. Sie erinnerte sich gerne an diese Momente mit ihrer Mutter, hätte sie jetzt gerne dabei gehabt. Sie seufzte. Sie begann leise zu singen: *Stand by Me...*

Plötzlich nahm sie im Augenwinkel eine Bewegung wahr. Sie brauchte einen Moment, dann erkannte sie, dass ein anderes Flugzeug rechts dicht neben dem ihren flog. Es war mindestens dreimal so groß. Innen war es schwach beleuchtet und es gestikulierte jemand wild mit einem Gegenstand. Sie winkte freundlich zurück, bis sie sah, dass es sich bei dem Gegenstand um eine Maschinenpistole handelte. Sie schrie:

Greg! Aufwachen!

Der war sofort wach. Sah hinüber und erkannte, dass der andere das Fenster öffnete, um eine MP auf sie anzulegen. Blitzschnell schaltete Greg den Autopiloten aus, fasste nach unten, legte einen Schalter um, sämtliche Leuchten innen und außen erloschen. Er nahm das Gas weg, dann kippte er die Maschine über den linken Flügel und ging in den Sturzflug über. Der Pilot des anderen Flugzeugs war so überrascht, dass sie zwar noch eine MP-Salve hörten, aber nichts mehr sahen.

Sie wusste nicht, wie Greg sich orientierte, denn sie fielen in die absolut bodenlose Dunkelheit. Der Motor heulte mit immer höherem Ton, die Luft rüttelte an ihrem Flugzeug. Lucy krallte sich an dem Sitz fest. Greg fing das Flugzeug irgendwann ab und war plötzlich knapp über dem Boden. Sträucher rasten links und rechts an ihnen vorbei. Einige berührten die Flügel. Sie wurden bald langsamer. Dann ein kurzer Hüpfer und sie landeten auf dem Savannenboden. Greg schaltete den Motor aus. Es war stockdunkel. Sie hörten noch eine ganze Weile über ihnen das andere Flugzeug kreisen, irgendwann drehte es ab. Die Geräusche der Savanne drangen nun ins Innere.

Sie stiegen aus. Lucy musste ganz schnell hinter einen Busch. Dann vertraten sie sich die verkrampften Beine, streckten sich und versuchten die Anspannung loszuwerden. Nach einer Weile setzten sie sich auf den Boden und lehnten sich an die Heckflosse. Sie fragte Greg:

Wie hast Du das gemacht, ohne beleuchtete Instrumente und ohne Sicht zwischen den Büschen und Sträuchern zu landen.

Er lachte: The force is with me.

Rather have been guardian angels, antwortete sie.

Er holte eine Flasche Bourbon aus dem hinteren Teil des Flugzeugs und goss etwas davon im Halbkreis um sie.

Gegen die snakes and vipers, sagte er.

Dann genehmigte er sich einen Schluck. Er hielt ihr die Flasche hin.

Nein, sagte sie, nur mit Cola.

Zwischenlandung

Als Lucy aufwachte, wurde es gerade hell und sie hatte eine Decke über sich. Die roch zwar nach Pferd und Kerosin, aber hatte sie gut warm gehalten. Dann kam Greg ums Flugzeug herum und bot ihr eine Blechtasse mit starkem Kaffee an. Der schmeckte allerdings fürchterlich, aber er war stark und machte sie wach. Kurz darauf starteten sie wieder. Diesmal stand keine Hütte im Weg, sondern nur ein niedriger vertrockneter Baum. Aber auch den schaffte das Flugzeug ohne Schaden zu nehmen.

Nun flogen sie in großer Höhe. Greg meinte, sie würden dann zwar vom Radar erfasst, aber in diesem Land spiele das keine

Rolle. Problematischer sei ein Beschuss mit Gewehren von diversen Milizen, die das nur so zum Spaß machten. Er habe schon so manches Loch wieder flicken müssen.

Auch jetzt kam keine richtige Unterhaltung in Gang, so dass es eher ein Monolog von Lucy war. Sie erzählte alles bisher Erlebte, auch um sich selbst ein bisschen klarer zu werden.

An einer Stelle reagierte Greg: Du hast eine Chip in Deine Körper? Wo? Wie kam der da rein? Is it a tracking device (Signalsender)?

Ich weiß es auch nicht, aber es müsste eher ein Datenspeicher sein, meinte sie. Der bärtige Mann, dem ich schon ein paar Mal begegnet bin, sagte, da könnten wichtige Daten über ein Gen drauf sein, das Bäume 10x schneller wachsen lässt.

Greg runzelte die Stirn, wozu soll das gut sein?

Lucy fragte ihn: Woher kannst Du so gut Deutsch?

Meine Mutter kam from Berlin, Germany, mein Dad aus New York, Diplomaten. Ich bin mit zwei Sprache aufgewachsen. Eltern sind beide schon tot.

Lucy wollte ihn nicht weiter mit Fragen bedrängen. Seine Familie und wo sie gewohnt hatten, interessierte sie zwar, aber es hatte bestimmt einen Grund, warum er nicht so viel erzählte. War er eigentlich verheiratet, oder wie ihre Freundinnen gesagt hätten, welchen Beziehungsstatus hatte er wohl?

Sie dachte über ihren eigenen Beziehungsstatus nach. Sollte sie sagen: Null? Keiner? Das stimmte ja nicht. Sie hatte ein paar Beziehungen mit Männern gehabt, auch mit einer Frau zusammen gelebt... aber musste daraus immer gleich eine Familie entstehen? Sie hatte viele Freunde und Freundinnen, das waren auch Beziehungen, gute sogar. Sie dachte an Milena und Maja, ihre beiden M&Ms. Schade, dass sie jetzt nicht mit ihnen telefonieren oder ihnen schreiben konnte. Sie vermisste ihre Freundschaft und ihren Rat sehr.

Und musste man unbedingt eine Beziehung haben um ein ganzer Mensch zu sein? Im Moment lebte sie gerne allein. Sie liebte diese Unabhängigkeit. Aber in den social Media würde sie schreiben: Beziehungsstatus: Single.

Um die Mittagszeit verringerte das Flugzeug die Höhe. Greg sprach irgendein Kauderwelsch in sein Headset, das er jetzt aufgesetzt hatte. Es ging scheinbar um eine Landeerlaubnis. Irgendwie fasste sie immer mehr Vertrauen zu ihm.

Wir brauchen fuel, Treibstoff, sagte er.

Sie landeten auf einer kleinen, staubigen Betonpiste. Greg ließ die Maschine in eine kleine Halle ausrollen, damit man sie aus der Luft nicht so leicht entdecken konnte. Ein großer Afrikaner kam auf sie zu. Die beiden umarmten sich wie alte Freunde. Sie palaverten eine Weile und beachteten Lucy gar nicht. Erst als es um die Bezahlung ging, rief Greg ihr zu: 250$.

Kaum war das erledigt, starteten sie wieder. Greg bekam noch ein Päckchen in die Hand gedrückt, dann waren sie auch schon wieder in der Luft.

Sorry, sagte er, wenn ich Dich nicht in unsere Gespräche lasse oder Dich nicht vorstelle. Ist for your own safety. Keiner muss etwas erfahren von Dir. Und wenn ich werde gefragt, was das Ziel ist, nenne ich immer ein falsches.

Was ist in dem Päckchen? fragte sie.

Ich weiß es nicht und will es auch gar nicht wissen, und Du auch nicht, antwortete er. Ist only a courier service. Aber zur Beruhigung: Meist sind es Medikamente und andere medizinische Zeug. Für afrikanische Buschärzte. Sie haben oft keine Möglichkeiten daran zu kommen.

Wie weit ist es noch?

Greg überlegte, noch 3 - 4-mal tanken, antwortete er, wenn alles gut geht.

Schweigen

Wie schaffen es Männer, so lange nichts zu sagen? Ob ihm irgendwelche Gedanken wenigstens durch den Kopf gingen? Oder war da nichts? Nur dumpfes Brüten? Leere? Lucy hatte mal gelesen, Männer würden mindestens 20x am Tag an Sex denken. Ob er das jetzt auch tat? Und wenn ja, mit wem? Mit ihr? OMG, jetzt dachte *sie* gerade an Sex... Sie schaute ihn von der Seite an. Er dachte wohl gerade an etwas anderes.

Er war nicht unattraktiv. Braun gebrannte, fast ein bisschen ledrige Haut. Schon ein bisschen älter, aber keinen Bauch. So ein Indiana-Jones-Typ mit Bart. Wie er wohl roch? Sie wollte sich gerade zu ihm hinüberlehnen, um an ihm zu schnuppern, konnte sich aber gerade noch wieder fangen. Du liebe Zeit, was ging ihr bloß durch den Kopf?

Plötzlich machte es „Pling", und zu ihren Füßen war ein kleines rundes Loch entstanden, durch das jetzt Licht drang. Greg zog schnell die Maschine hoch. Er schaute auf das Loch und sagte:

Kaliber 5,45 mm, Kalaschnikow, möglicherweise von NVA gekauft. Du weißt, ehemalige Streitkräfte der DDR? Vielleicht Dschihadisten.

Das war sein einziger Kommentar. Greg blieb cool und ein weiteres Pling blieb aus. Erst jetzt breitete sich der Schreck in ihr aus. Ein paar Zentimeter weiter und sie wäre getroffen gewesen.

Woher weißt Du das alles? fragte sie.

Ich war mal bei der Navy Pilot, kam seine kurze Antwort, und ich fliegen hier schon eine Weile.

Bist Du schon einmal abgestürzt?

Einmal? Greg lachte heiser. Gut ist, dass dieses kleine Flugzeug leicht und easy im handling ist. Aber ich wollte so. Ich fliege gern, wollte nur nie wieder im Krieg fliegen. Er machte eine Pause. Zu viel bad things gesehen. Er verstummte ganz, sein Blick verfinsterte sich und er hing seinen Gedanken nach.

Durchstarten

Sie fand, dass sie nicht weiterbohren sollte. Da setzte Greg wieder einmal zur Landung an. Die Bäume und Felder dieser Ortschaft waren allesamt vertrocknet, die runden Hütten verlassen. Der Trockenfeldbau, das wusste sie, braucht zwar nicht viel Wasser, aber gar keins war eindeutig zu wenig. Hier gab es wohl früher einmal mehr Leben. Wo waren die Leute und die Tiere alle hin?

Diesmal war es eine Sandpiste, an deren Ende – oder Anfang – ein langes flaches Gebäude stand. Als Greg eine Runde drehte, um den besten Landeanflugwinkel zu finden, entdeckte er zwei schwarze Limousinen und ein Militärfahrzeug im Schatten des Gebäudes. Seltsam. Und noch etwas kam ihm merkwürdig vor: Sein Freund John Smith, er hieß wirklich so, war nicht zu sehen. Normalerweise stand er winkend an der Landebahn.

Greg reagierte sofort und tat so, als ob er landen wollte, gab aber kurz nach dem Aufsetzen Vollgas und flog im Tiefflug weiter, nur wenige Meter über die Äste der Affenbrotbäume hinweg.

Was ist los? Wollte Lucy überrascht wissen.

Das nennt man touch and go. Hier war eine trap, eine Falle, antwortete Greg grimmig. Wir wurden erwartet, von Militär und wahrscheinlich secret service. My friend John, er steht immer an der Landebahn, wenn alles ist ok. Heute nichts war ok. Er runzelte die Stirn. Woher wissen die von unsere stop over?

Ausziehen

Kurze Zeit später landeten sie mitten in der Pampa. Ein paar Antilopen und ein paar Vögel stoben davon. Dann hörten sie nur noch Grillen, ein paar Vogelschreie und einige Geräusche, die Lucy nicht zuordnen konnte. Es war heiß und kaum windig. Sie legte ihre Jacke ab, setzte eine von Gregs Kappen auf und stieg aus. Greg holte ein Gerät aus der Ladeluke des Flugzeugs. Es hatte einen Ring mit einem Griff und verschiedenen Schaltern und LEDs. Er sagte:

Bleib mal still stehen!

Dann fuhr er damit langsam über ihren Körper. An einigen Stellen piepte es. Sie musste alle Gegenstände aus Metall ablegen. Noch immer war das Geräusch zu hören.

Irgendwo Du hast einen Peil- oder ein GPS-Sender. Zieh Dich aus!

Wir kennen uns doch noch nicht so lange, antwortete sie mit einem verschmitzten Lächeln.

Aber sie warf ihre Scheu und Scham ab, schaute ihm nicht in die Augen und legte langsam, ziemlich langsam, ihre Kleidungsstücke, bis auf Gregs Kappe, ab. *But leave your Hat on* hätte Joe Cocker wohl jetzt gesungen.

Nun wurde Greg doch ein bisschen nervös und nachdem er jetzt kein Piepen mehr hörte, bat er sie, sich wieder anzuziehen. Vorher unterzog er noch einmal jedes Stück einem Test. Der BH-Verschluss, Jeansknöpfe und ihr Kette mit dem Kreuz lösten einen Ton aus. Sie bat ihn noch einmal nach ihrer Schulter zu schauen. Da war zwar eine längliche kleine Verletzung, aber sichtbar, spürbar und messbar nichts unter der Haut. Wo war dieser komische Chip, von dem der Bärtige immer gesprochen hatte?

Hm, machte er. Woher wissen die, wo wir sind? Was ist mit Deinem mobile phone?

Sie holte es aus ihrer Jacke und reichte es ihm. Er öffnete die Rückseite des Smartphones. Die neue SIM-Karte von Fadi war schon eingesteckt, die alte hatte sie wohlweislich in Zinder gelassen. Sie hatte es auch bisher nicht eingeschaltet. Trotzdem mussten DIE, wer auch immer das war, irgendwie erfahren haben, wo ihr Aufenthaltsort war. Greg warf es in den Busch. Sie wollte gerade protestieren, da merkte sie, dass es besser so war. Es ging um ihrer beider Leben, wie die letzte Nacht gezeigt hatte.

Nun holte er zwei Kanister Treibstoff aus der anderen Luke am Heck und füllte sie in den Tank.

Das reicht gerade bis zu nächste Tankstop, aber wir müssen die Route ändern, meinte er.

Sie starteten und erreichten nach einiger Zeit einen unscheinbaren Flugplatz. Hier war wieder mehr Vegetation und das Grün tat Lucys Augen gut. Sie näherten sich langsam subtropischen Gefilden. Keine schwarzen Limousinen, kein Militär, nur ein freundlicher Afrikaner, den Greg natürlich auch gut kannte. Er hieß Cola, weil man dieses Getränk bei ihm zu jeder Tages- und Nachtzeit kaufen konnte. Cola füllte den Tank und die

Reservekanister für 300 $ und spendierte ein paar Fläschchen von der süßen Brause.

Die Schatten wurden länger und die Dunkelheit kam sehr schnell. Greg holte einen Beutel mit getrockneten Früchten und Nüssen aus dem Flieger. Sie setzten sich unter einen Affenbrotbaum. Cola hatten sie genug.

Träume

Nach diesem kleinen Snack starteten sie wieder in die hereinbrechende Nacht. Diesmal gelang es Lucy ein wenig zu schlummern. Das Brummen des Motors wirkte einschläfernd. Zudem war es nun ganz dunkel geworden. Sie begann wild zu träumen.

Ein riesiger Chip in Form eines Geländewagens verfolgte sie. Sie versuchte auf einem kräftigen muskulösen Pferd zu fliehen. Das Pferd hatte blaue Jeans an und die Gesichtszüge von Greg. Er machte riesige Sprünge um dem Chip zu entkommen. Sie spürte die starken Muskeln des Pferdes unter sich. Und obwohl es Haken schlug, durch Flugzeughallen ritt, über Wüstenpisten, durch die Savanne ... immer wieder wurden sie eingeholt und der Verfolger rückte näher. Sie spürte Schweiß zwischen ihren Schenkeln, schaute an sich herunter und sah, dass sie nackt auf dem dampfenden Pferderücken ritt.

Wieder versuchten sie eine scharfe Kurve zu reiten, wobei sie sich in die Mähne des Pferdes krallte. Nun rasten sie über die Savanne. Knapp flogen sie an einem Affenbrotbaum vorbei, da streifte sie ein Ast. Er hätte sie beinahe aus dem Sattel gerissen. Ein Stück davon war abgebrochen und steckte nun in ihrer Schulter und rüttelte an ihr, und rüttelte und rüttelte... Sie versuchte es abzustreifen – und hielt plötzlich Gregs Hand fest, der gerade an ihrer Schulter schüttelte.

Come on, wake up und schnall Dich an! rief er, wir werden verfolgt!

Schweißnass kam sie zu sich und musste sich erst einmal aus dem Traum befreien, in dem sie immer noch gefangen schien. Benommen griff sie nach dem Gurt. Zwischen ihren Beinen pulsierte immer noch der Pferderücken.

Luftkampf

Wer verfolgt uns? fragte sie, während ihr Herz klopfte.

Greg deutete auf einen kleinen Radar-Monitor. Ein scheinbar harmloser Punkt näherte sich der Mitte des Bildschirms.

Wer auch immer das ist, er ist schnell und fliegt direkt auf uns zu, antwortete er. Könnte Militärjet von Luftwaffe sein, bei diesem Tempo, stöhnte er.

Er flog einige enge Kurven – der Punkt blieb zentriert auf dem Monitor. Wieder schaltete er die Positionslichter aus.

Lucy bekam es mit der Angst zu tun. Wer wollte ihnen etwas tun? Was hatte sie da von dem Chip geträumt? Traum und

Wirklichkeit flossen durcheinander. Ein lautes warnendes Piepen ertönte.

Das Radar einer rocket hat uns aufgefasst! schrie Greg. Halt dich fest!

Was heißt das? schrie sie zurück und hielt sich am Gurt fest.

Das Piepen wurde immer schriller. Greg riss plötzlich den Steuerknüppel herum und flog eine scharfe Rechtskurve. Das Flugzeug ächzte und knarzte. In diesem Moment wurde Lucys Frage beantwortet, als etwas ganz knapp an ihnen vorbei schoss und kurz darauf explodierte. Sie sahen noch einen hellen Blitz, doch Greg hatte die Maschine schon in die Tiefe gerissen. Etwas krachte gegen eine der hinteren Scheiben.

Holy shit, rief Greg, das war eine air-to-air-rocket. Halt Dich fest, ich mache jetzt etwas Verrücktes!

Greg nahm das Gas weg, schaltete den Motor aus und ließ die Maschine ein paar hundert Meter einfach in die Tiefe fallen, zog eine enge 180-Grad-Linkskurve und flog jetzt genau in die entgegengesetzte Richtung. Über ihnen raste ein Jet hinweg. Sie konnten nicht erkennen was für ein Typ, aber er war ziemlich groß im Vergleich zu ihrem kleinen Flugzeug.

Möglicherweise sie denken, sie haben uns erwischt, flüsterte Greg, als ob sie ihn sonst hören könnten.

Jetzt startete er den Motor wieder und flog in die andere Richtung, gab aber schnell einen neuen Kurs ein.

Endlos

Sie waren noch einmal davon gekommen. Lucy schickte ein Dankgebet gen Himmel. Nun überflogen sie stundenlang Wälder, dann scheinbar endlose Savannen und wieder Regenwälder. Vor allem am Nachmittag kam es oft zu Gewittern und starken Regenfällen. Das kleine Flugzeug geriet in starke Turbulenzen und Lucy wurde ordentlich durchgeschüttelt. Mit Hilfe von Gregs Radar und seinen Funkkontakten ließen sich die schlimmsten Unwetter umfliegen. Sie sahen dann von weitem riesige Wolkentürme, die wie Monster über der Erde lagen. Wie wohl das Wetter jetzt zu Hause war, in Berlin? Zu Hause – dieses Wort hinterließ einen Nachhall in ihr. Ein tiefes Gefühl saugte sich in ihrem Innern an einer Stelle fest, die sie schon lange nicht mehr gespürt hatte. Zu Hause – schöne Momente mit ihren Eltern fielen ihr ein. Sonntagmorgen mit ihren Eltern im Bett, in den weichen Kissen frühstücken, reden, lachen. Nach dem Tod ihrer Mutter hatte sie es noch ein paar Mal mit ihrem Vater erlebt, aber sie waren jedes Mal so traurig geworden, dass sie es aufgegeben hatten.

Dann starb ihr Vater vor einigen Jahren. Er war Biologe und Virologe. Meine kleinen „Virchen" hatte er immer gesagt. Er forschte daran, herauszufinden, welchen Sinn Viren in der Biosphäre haben. Ob sie einen positiven Beitrag zum Leben leisten, den die Menschen noch nicht erkannt hatten. Ob sie sinnlos waren und bekämpft und ausgerottet gehörten. Und ausgerechnet daran starb er. Ein Mitarbeiter hatte ihn unabsichtlich während der großen Pandemie angesteckt. Sein Körper, vom Asthma geschwächt, konnte sich nicht schnell genug wehren. Tränen stiegen ihr in die Augen. Sie zog ihre Jacke fester um sich.

Draußen weinte auch der Himmel. Dann mussten sie notlanden, weil der Regen so dicht fiel, dass abgesehen von der schlechten Sicht, der Motor anfing zu stottern. Greg gelang es gerade noch auf einer Straße, wenn man sie überhaupt so nennen konnte, zu landen. Bei dem Wetter war niemand unterwegs. Er ließ die Maschine noch ein Stück abseits des Pfades rollen, dann stellte er alle Geräte aus.

Here regnet es sonst nie, murmelte er.

Dann begutachtete er das hintere Fenster. Ein Stück der Sprengladung der Rakete hatte es durchschlagen und war im Polster des Rücksitzes stecken geblieben. Er betrachtete den etwa 1 x 1 cm großen Würfel aus Stahl. Er zeigte ihn Lucy. Sie sagte erschrocken:

Der hätte Schlimmeres anrichten können!

Greg klebte schnell noch etwas Gewebeband auf das Loch, dann setzten sie sich unter die Maschine. Aber das hätten sie auch lassen können. Es waren große dicke weiche Tropfen, die auf dem Boden zerplatzten, hochspritzten und alles durchnässten. Die Kleidung klebte an ihren Körpern. Bis es Lucy zu dumm wurde. Sie sprang auf, hängte alle Kleidungsstücke über die Flügel der Maschine und sprang nackt durch den warmen Regen. Selten hatte sie sich in den letzten Tagen so wohl gefühlt. Es war als wüsche der Regen alles Schwere, alle Last, alle Tränen von ihr ab. *Dancin' in the Rain ...*

Greg saß weiter unter dem kleinen Flugzeug und schaute ihr vergnügt zu. Er nahm einen kräftigen Schluck aus der Whiskyflasche und streckte sich aus.

Lucy wickelte die Pferdedecke um sich. Sie war auch müde, aber eine Frage lag ihr schon eine Weile auf der Zunge:

Wovon lebst Du eigentlich? Hast Du einen festen Beruf?

Nach einer Weile Schweigen und einem weiteren Schluck Whisky antwortete Greg: Ich fliege. Mostly für Umweltorganisations, Kinderhilfsorganisations, Ärzte ohne Grenzen, hospitals. Meist transportiere ich Medikamente and other stuff, seeds, das sind Sämereien für Plantagen, Money für Kleinkredite von Farmers oder shepherds, kranke Menschen, verrückte Leute wie Dich und manchmal auch Tiere. No drugs, keine Waffen und nichts für Diktatoren, Warlords and other assholes. Und ich mache nur Sachen, die ich wirklich will, Sachen, die die Welt ein klein wenig besser machen. It's a kind of: heal the world – maybe just a little bit…

Wow, dachte sie, das war der längste Kommentar, den sie von ihm gehört hatte. Und während sie noch darüber nachdachte, fielen ihr die Augen zu.

Als sie am nächsten Morgen aufwachten, hatte sich ein kleiner Fluss bis an ihr Flugzeug ausgebreitet und trieb nun langsam Sträucher und Zweige von Bäumen an ihnen vorbei. Die Sonne entzündete rasch ihre heißen Strahlen. Das Wasser war zwar hellbraun, aber nun badete auch Greg. Die Wärme ließ die Haut und die Kleidung wieder schnell trocknen. Zudem war ein stetiger Wind aufgekommen, der auch die Mosquitos fernhielt. Sie lagen noch eine Weile auf der Pferdedecke einfach so da. Am Himmel zogen Schwärme kleiner Vögel vorbei. Ihr Zwitschern, das Plätschern des Flusses und der Wind nahmen ihre Gedanken und Sorgen mit fort. Irgendwie schienen sie das Zeitgefühl zu verlieren, wie an einem Urlaubssommerbadetag am Meer.

Wie lange waren sie schon unterwegs? Hatten Sie den Äquator schon überquert? Wann hatten sie zuletzt etwas Warmes gegessen? Wann war der Vortrag? Was war das Thema? Es verlor langsam an Bedeutung.

Irgendwann machte Greg die Maschine wieder startklar. Er musste sich neu orientieren und kurz darauf waren sie auch schon in der Luft. Sie überquerten nun Gebiete, bei denen sich dichte Wälder, Savanne und Flussgebiete abwechselten. Erschreckend fanden sie, dass es hier in Richtung Ost-Afrika immer wieder überschwemmte Gebiete gab. Greg erklärte ihr, hier seien früher eher Trockengebiete gewesen, auf denen Hirten und Nomaden verschiedene Ziegenarten gehalten hatten. Nun seien viele vor den Fluten geflüchtet, hätten ihre Existenzgrundlage und ihre Dörfer verloren. Die Lehmhütten konnten den Fluten nicht standhalten. Die Menschen waren dem Wasser hilflos ausgeliefert. Seuchen hätten sich ausgebreitet. Hinzu kam, dass niemand von ihnen je schwimmen gelernt hatte.

Das sind die ersten Klimaflüchtlinge – und es werden noch mehr werden, meinte Greg düster, und diese Menschen leisten nicht mal einen Beitrag zur Erderwärmung.

Lucy hatte selten Angst, aber immer wenn es um scheinbar aussichtlose Gedanken zur Klimakatastrophe ging, da erfüllte sie etwas, was mehr als Sorge war. Es war mehr als Angst, es war schon fast eine Art von Panik. Dann fragte sie sich, wie können wir das aufhalten? Was könnte *ich* tun?

Irgendwann wurde es Abend und Lucy war froh, dass Greg nicht die Orientierung verlor und scheinbar genau wusste, wie und wohin er fliegen musste. Ab und zu stellte er jetzt mal Fragen. Wie die Stimmung sei in Deutschland, in Berlin. Er höre so viel von Populisten, von rechtsextremen Anschlägen.

Greg sagte: Im Moment zieht mich nichts in meiner Mutterland. Aber Amerika ist auch nicht besser. Das Land ist gespalten. Die eine vertrauen mehr den conspiracy theories, die anderen haben kein Macht, der Wissenschaft und der Wahrheit zu folgen. Ohne Mut und Zuversicht ich manchmal bin.

Reparatur

Sie landeten wieder einmal fast im Dunkeln und scheinbar im Nirgendwo. Gerade rechtzeitig. Oben flogen plötzlich mehrere Flugzeuge vorbei, konnten sie aber wohl zwischen den Bäumen und Büschen weder orten noch wahrnehmen. Waren sie ihnen etwa gefolgt? Oder litten sie schon unter Verfolgungswahn?

Auf den letzten Metern der wilden Landebahn machte es auf einmal „kracks" und die Maschine kippte mit einem heftigen Schlag zur Seite.

Shit! Greg fluchte, als er sich den Schaden besah. Das rechte Vorderrad saß in einem Loch. Ein Erdmännchenbau? Das Fahrgestell war abgeknickt.

Sie sprang hinaus und sie hoben mit vereinten Kräften das Rad aus dem Loch. Greg machte sich sofort an die Arbeit. Ein heller Vollmond gab genug Licht. Er zog sein T-Shirt aus und sie erwartete Narben aus irgendwelchen Gefechten oder Abstürzen auf seinem Rücken. Aber nein, er sah unverletzt aus, muskulös, braun gebrannt, irgendwie - gut.

Nachdem sie gemeinsam mit einem Akkuschrauber ein paar Löcher in die abgeknickte Radhalterung gebohrt und eine provisorische Stütze angeschraubt hatten, fragte er bewundernd:

Woher Du kannst so gut umgehen mit Tools?

Das könnte ich Dich auch fragen, antwortete sie schmunzelnd.

Erschöpft lehnten sie sich an das Heck des Flugzeugs. Wieder goss Greg Bourbon um sie herum – gegen Schlangen und Skorpione - nahm selbst einen Schluck und diesmal sagte Lucy auch nicht nein. Kaum hatte Greg die Pferde-Diesel-Decke über sie gelegt, da war sie auch schon eingeschlafen. Er schaute ihr noch eine Weile im Mondlicht zu und murmelte dann:

I could get used to you. An Dich könnte ich mich gewöhnen. Dann schlief auch er ein.

Mitten in der Nacht wurde Greg wach, hörte Wellen schlagen. Er stand auf und fand nach wenigen Schritten einen klaren grünblauen See. Die Oberfläche bewegte sich. Fische schwammen in sanften Strudeln. Das Wasser zog ihn magisch an. Etwas lockte ihn unnachgiebig hinein. Mit seiner Kleidung stieg er in die kühle Flut. Wasserlebewesen umkreisten ihn, schmiegten sich an ihn. Verzückung überkam ihn. Ein nie dagewesenes Gefühl durchströmte ihn. Die weiblichen Wesen nahmen die Gestalt von Wassernixen an. Eine mit besonders blauen Augen schlang ihre Arme um ihn, legte ihren Kopf auf seine Schulter und lachte leise in sein Ohr. Die Stimme kam ihm vertraut vor. War es Lucy? Er wollte sich zu ihr umdrehen – und erwachte ...

Begegnung

... im gleichen Moment wie Lucy. Sie hörte ein lautes Geschnatter. Gänse mitten in der afrikanischen Wildnis? Sie öffnete langsam die Augen. Als erstes sah sie Gregs Kopf in ihrem Schoß liegen, ihre Hand lag auf seiner Schulter. Er war gerade wach geworden. Schnell erhob er sich – es war ihm sichtlich peinlich. Aber jetzt galt es erst einmal auf die Gäste zu reagieren. Um sie herum standen bestimmt 15 schlanke Männer und Frauen mit langen Stöcken und Bogen und Pfeilen in der Hand. Die Buschmänner oder *San* schienen amüsiert und neugierig zu sein. Ihre Haut war nicht schwarz, sondern eher gelblichbraun. Sie waren spärlich bekleidet, waren abgemagert und einige trugen Speere in den Händen.

Greg war überrascht, die San hier zu treffen. Ihr Lebensraum war eigentlich viel nördlicher.

Greg begrüßte sie respektvoll und kannte wohl auch einige ihrer Worte beziehungsweise Laute. Sie sprachen schnell und mit Pfeif- und Knacklauten, die Lucy noch nie gehört hatte. Doch – Moment – sie erinnerte sich an den Film *Die Götter müssen verrückt sein*, in dem Buschmänner und –frauen vorkamen und in ihrer eigenen seltsamen Sprache redeten.

Nun plapperten die Männer auf ihn ein. Sie erzählten, dass die Götter eine große Dürre geschickt hätten und dass sie nun ihr Land verlassen und mit ihren Herden weiter in den Süden ziehen mussten. Das hieße, den Boden, in dem ihre Ahnen begraben waren, aufzugeben. Es folgten viele Rufe und Gebärden von Trauer.

Die Frauen kamen zu Lucy, berührten ihre Haare, ihre Kleidung, alles distanzlos, aber sehr freundlich. Sie verstand kein Wort, versuchte trotzdem ein fröhliches Gesicht zu machen, was ihr am frühen Morgen ohne Kaffee nicht so leicht gelang. Als sie ebenfalls ein paar Worte sagte, lachten die Frauen.

Greg holte aus seiner Ladeluke eine kleine Kiste, die er dem Häuptling übergab und ihm andeutete, alles gerecht zu verteilen. Darin waren kleine Taschenmesser, Wäscheklammern aus Holz, Rollen mit Schnur usw. Kein Plastikzeug, sondern Dinge, mit denen sie wirklich etwas anfangen konnten. Es gab ein großes Hallo, aber keinen Streit. Alle wollten alles anfassen, begutachten, kommentieren. So entspann sich rund um den Ältesten ein Gewusel und sie waren abgelenkt.

Greg rief Lucy zu:

Schnell hinter die Büsche und Pipi machen, die gucken sonst gerne mal zu, aber jetzt sind sie busy for a while.

Lucy folgte seinem Rat. Greg bat dann die Buschleute hinter die Maschine zu treten um beim Anschieben des Flugzeugs zu helfen und sie aus der Reichweite des Propellers zu bekommen. Großes Unverständnis bei den Buschleuten – die Besucher waren doch gerade erst angekommen, man wollte die Abwechslung mit ihnen genießen. Die beiden stiegen trotzdem ein, aber als er den Motor startete, rannten alle weg, weil ihnen das Geräusch zu laut und zu fremd war.

Elefanten

So konnten sie abheben, drehen und nun wieder weiter in Richtung Südafrika fliegen. Diesmal hielt Greg die kleine Maschine eine Weile sehr niedrig über dem Erdboden, um nicht wieder von einem Radar erfasst zu werden. Außerdem näherten sie sich jetzt langsam Botswana. Hier wollte er möglichst unbemerkt über die Grenze. Die Vegetation hatte sich nun verändert. Sie flogen über den Okavango-Fluss, der sich scheinbar endlos nach Süden hin in einem riesigen Delta, wohl dem größten der Welt, erstreckt. Alle Grüntöne waren nun am Boden zu sehen. Da sie ziemlich tief flogen, konnten sie an einer Stelle sogar Elefanten mit Nachwuchs entdecken!

Wie schön war dieses Land, dieser Kontinent. Diese Weite, diese abwechslungsreichen Landschaften, die Vielfalt der

Tierwelt und die freundlichen Menschen – sah man einmal von den Geheimdiensten und sonstigen Ganoven ab.

Sie wusste noch aus einem Zeitungsartikel, dass hier die Marulabäume, auch Elefantenbäume genannt, wachsen. Aus ihren Früchten wird u.a. ein Likör bereitet, den sie sogar schon in Berlin in einem Laden gesehen hatte.

Eine Melodie drängte sich in ihr Ohr... es dauerte eine Weile, bis sie das Lied erkannte: *Waka Waka, this Time for Afrika* von *Shakira.* Oh, sie wusste, das würde sie eine Weile nicht mehr aus dem Ohr bekommen.

Botswana, das ungefähr so groß wie Frankreich ist, wird im Süden wieder von Savanne beherrscht. Durch den Klimawandel weitet sie sich immer mehr aus. Von oben konnten sie jede Menge Felder und Dörfer sehen, die von den Bewohnern verlassen worden waren, weil es keine Ernten mehr gab. Hier lebten sie ursprünglich vom Bewässerungsanbau. Aber das Wasser kam nicht mehr zum Bewässern. Die Menschen flohen vor der Dürre, versuchten sich in den Städten niederzulassen und gaben damit die Weite ihres Landes und ihre Freiheit auf.

Nun fanden sie ihren letzten Kleinflugplatz zum Auftanken. Bei dieser Rast telefonierte Greg länger, da er nach einer Landemöglichkeit und -Genehmigung in Gaborone suchte. Das liegt direkt an der Grenze zu Südafrika.

Lucy hatte inzwischen einen ganz anderen Blick auf Afrika gewonnen. Was für ein wunderschöner Kontinent. Aber wenn 40% der Bevölkerung des Kontinents unterernährt waren, dann stimmte doch etwas nicht. Und es lag nicht nur am Klimawandel. Letztlich waren es wahrscheinlich immer noch die Nachwirkungen des alten und neuen Kolonialismus. Da musste doch etwas getan werden! Was konnte *sie* tun? Sie verfiel ins Grübeln.

Lucy! Greg riss sie aus ihren Gedanken.

War das das erste Mal, dass er ihren Namen ausgesprochen hatte? Es klang gut aus seinem Munde.

Sie wandte sich ihm zu: Sag's noch einmal, Sam, äh...Greg!

Lucy, have a look – da unten! rief er.

Rechteckige spiegelnde Flächen tauchten unter ihnen auf. Je näher sie kamen, umso klarer sahen sie, dass die Rechtecke aus vielen kleineren bestanden.

Sie rief: Künstliche Seen? Nein, jetzt erkenne ich's, das sind Solarzellen, ziemlich viele.

Yes, antwortete Greg, das sind Mini-Grids, solar-power-stations, die mit viele andere zusammengeschlossen sind. Die versorgen many villages mit Strom, und das staatlich totally unabhängig. Damit das funktioniert, verwenden sie blockchain technology.

Das hatte Lucy schon gehört. Blockchain, die Daten oder Transaktionen von Geld werden dezentral, verschlüsselt und damit sehr sicher im Netz verteilt.

Greg, woher kommt Dein Name? fragte Lucy nach einer Weile.

Von meine Eltern, antwortete er schmunzelnd und machte eine Pause. Yes, sie mochten den Schauspieler Gregory Peck, spielte in viele berühmte Filme und engagierte sich mit Martin Luther King für die Gleichberechtigung von Schwarze und Weiße. Er machte wieder eine Pause. Und die Name bedeutet „wachsam".

Humor

Gaborone, Hauptstadt von Botswana, mit seinen über 200.000 Einwohnern, hat einen internationalen Airport. Von dort hätte Lucy die beste Anbindung nach Pretoria. Und hier würde auch die Reise mit Greg für sie enden. Eine merkwürdige Traurigkeit befiel sie. Sie horchte in sich hinein…

Wenn nicht dieser Vortrag und diese blöde Chip-Geschichte wären, könnte sie sich vorstellen, weiter durch Afrika oder um die Welt zu reisen. Und da könnte sie sich mehr engagieren. Mit Greg? Warum nicht? Er war kein Macho, sondern männlich, er hatte Charme ohne aufdringlich zu sein, er hatte Respekt und Anstand, irgendwie sah er auch gut aus, und – das war für sie ganz wichtig: Er roch gut, wie sie letzte Nacht diskret feststellen konnte.

Was machte sie da eigentlich gerade? War sie wie eine Teenagerin ins Schwärmen gekommen? Ach ja, und hatte Greg eigentlich Humor? Das soll ja das sein, was Frauen am wichtigsten bei Männern finden. Sie wandte sich ihm zu:

Hast Du eigentlich Humor?

Sichtlich überrascht von dieser Frage, antwortete er mit einem kräftigen Lachen. Dann sagte er nichts mehr. Auch eine Antwort...

Nach einer Weile fragte sie ihn – sie war selbst überrascht, wie leicht ihr das über die Lippen ging:

Warst Du mal verheiratet? Du trägst keinen Ring.

Greg zögerte einen Moment. Ja, antwortete er.

Eine Weile folgte Schweigen. Etwas stockend erzählte er von einer frühen Ehe, von der Militärzeit, die die Ehe nicht ausgehalten hatte. Nein, sie hatten keine Kinder gehabt. Er habe es immer wieder mal probiert eine Familie zu gründen, aber ... Er beendete den Satz nicht.

Sie flogen nun über die Savanne im Süden Botswanas. Als sie sich Gaborone näherten, sagte er:

Wir können landen auf die International Airport. Die verlangen zwar 150 $ Gebühren, but it's ok. Vom Flughafen kannst Du rent a car. Bis Pretoria sind es about 340 km. Das kannst Du schaffen in 5 hours.

Was machst Du dann? fragte sie.

Well. I'm a rolling stone. Ich bin ein Herumtreiber. Es gibt überall etwas zu tun. I will stay for a while, mal schauen. Und ich habe ja noch einen Auftrag. Er deutete auf das Päckchen. Und vielleicht willst Du ja auf demselben Weg zurück? Er lächelte sie an.

Sie wollte cool bleiben und etwas antworten wie:

Ja, mal schauen... aber ihr Mund sagte:

Ja, da würde ich mich sehr freuen...

Sie schwiegen eine Weile. Dann sprachen beide zur gleichen Zeit los und mussten lachen.

You first, sagte er.

In welchem afrikanischen Land lebst Du? fragte sie.

Einen richtigen festen place, wo ich mal settle down...mhm, habe ich nicht, brummte er. Ich bin oft in Zinder, kenne da ein paar Leute. Ich habe eine Dependance da, wo ich auch meist bearbeite meine Aufträge. Aber richtig bleiben? Maybe, wenn ich alt bin, Namibia. Schöne Land, wenig Konflikte, nur etwa 2 Millionen Einwohner, viel Platz.

Gefangen

Inzwischen näherten sie sich Gaborone. Der Flugplatz liegt im Norden der Stadt hinter dem mit 1400 m höchsten Berg Botswanas. Es war Nachmittag geworden und die Schatten wurden länger. Sie bekamen eine Landebahn zugewiesen und konnten endlich mal wieder auf einer betonierten Bahn landen.

Kaum waren sie an einem kleinen Hangar ausgerollt, sprangen plötzlich aus einer dunklen Ecke mehrere Uniformierte heraus, die scheinbar auf sie gewartet hatten. Greg gelang es gerade noch den Motor abzustellen und zwei verborgene Schalter zu betätigen. Lucy zog schnell ihre Jacke über und schon wurden sie wortlos mit Kabelbindern an den Händen gefesselt und in einen Landrover gestoßen. Auf Fragen von Lucy oder Greg gab es keine Antworten. Als gutes Zeichen wertete sie es, dass man ihnen nicht die Augen verband.

Nach kurzer Fahrt gelangten sie an ein Gebäude, das mit einem Schild *Department of Justice - Justizministerium* versehen war. Sie wurden getrennt und Lucy fand sich schließlich in einem Verhörraum wieder. Drei Stühle. Ihrer war am Boden festgeschraubt. Die Tür im Rücken. Ein schwerer Tisch, ein vergittertes Fenster, eine helle Lampe. Eine Klimaanlage summte mit ein paar Fliegen um die Wette.

Warum wurde sie festgehalten? Hatten sie ein Gesetz nicht beachtet? Lag es an diesem blöden Chip? Daran, dass so viele auf dieses Wachstums-Gen scharf waren? Ließ sich das Klima wirklich nur damit retten? Ach nein – es gab wohl auch kriminelle, politische oder religiöse Interessen an dem Gen.

Was würden sie mit ihr machen? Phantasien aus Spionage-Thrillern gingen ihr durch den Kopf: Wahrheitsdrogen, Schlafentzug, waterboarding, Vergewaltigung, in schmutzigen Gefängniszellen den Rest des Lebens versauern? Sie schnuffelte in ihre Jacke. Der vertraute Geruch tat gut.

Nach einer sehr langen Stunde mit ängstlichen Gedanken erschienen zwei Personen, eine Polizistin, etwa 40 Jahre alt mit gebleichten Augenbrauen, und ein Mann in Zivil, etwa 35 Jahre alt mit einer sehr großen Unterlippe. Beide waren schwarz und hatten ein gepflegtes Äußeres. Höflich boten sie ihr eine Wasserflasche an.

Mrs. Bucher, Sie sind illegal in die Republik Botswana eingereist, begann der Mann in bestem Englisch. Sie haben den Luftraum verletzt. Außerdem scheinen Sie etwas zu besitzen, was die halbe Welt haben möchte.

Wieso illegal? entfuhr es ihr.

Sie blickte dem Mann in die Augen. Überrascht von ihrem kristallklaren Blick begann er zu blinzeln, wurde unsicher und schaute schnell zur Seite.

Sie nutzte diesen Moment aus:

Sind Sie nicht von der Deutschen Botschaft in Johannesburg und von der Bundesregierung in Berlin informiert worden? Wissen Sie nicht, dass ich den Auftrag habe in Pretoria einen Vortrag vor internationalem Publikum zu halten? Auch Botswana ist da offiziell vertreten.

Das war zwar geraten, aber erschien ihr logisch.

Sie fuhr fort: Und Sie halten mich hier fest, behandeln mich wie eine Verbrecherin? Sie hob die Hände mit der Fessel.

Das wird Konsequenzen für Sie und Ihr Land haben!

Die Beamtin und der Mann schauten sich an, schienen von diesem Wortschwall und der unklaren Informationslage überrascht zu sein. Sie warfen sich einen Blick zu und gingen wortlos hinaus, anscheinend um sich zu bereden.

Escape

Das schien ein guter Schachzug gewesen zu sein, dachte sie und holte erst einmal wieder tief Luft.

Aber die Erleichterung währte nur kurz, denn ein weiterer Mann trat ein, knallte die Tür zu, offensichtlich um sie einzuschüchtern. Lucy zuckte zusammen. Dann blieb er eine Weile hinter ihr stehen. Sie hörte ihn atmen. Als er dann doch in ihr Gesichtsfeld trat, sah sie, dass er vielleicht 60 Jahre alt war, weiß, schütteres Haar und viele Narben im Gesicht. Er nahm einen der Stühle, drehte ihn um und setzte sich ganz nah vor sie. Sie konnte seinen ekligen Kaffee-und-Zigaretten-Mundgeruch wahrnehmen. Sie lehnte sich so weit wie möglich zurück. Er schaute auf ihre Brüste. Dann zückte er langsam ein Messer mit einer feststehenden Klinge und richtete es mit der Spitze zwischen ihre Beine. Er zischte ganz leise auf Englisch mit osteuropäischem Einschlag:

Miss Bucher, Sie habe den Chip. Ich will den Chip. Und wenn ich ihn mit Messer aus Ihnen herausschneiden muss, dann tue ich das.

Dann schaute er ihr in die Augen.

Das hätte er nicht tun sollen. Lucys Selbstbewusstsein war zwar gerade auf Talfahrt, aber das konnte sie immer: Sie dachte an den Song *Venus* mit der Zeile *her weapon were her chrystal eyes.* Sie erwiderte seinen Blick mit ihren stahlblauen Augen und legte all ihre Abscheu und Wut hinein.

Der Mann war so perplex, dass er seinen Blick nicht mehr schnell genug abwenden konnte. Sie hielt ihn mit ihrem Blick gefangen, hob langsam die Hände und kappte an dem regungslos und starr hingehaltenen Messer ihren Kabelbinder. Der Mann bewegte sich nicht. Sie stand langsam auf, nahm das Messer vorsichtig aus seinen Händen und steckte es in ihre Gesäßtasche. Ein Zittern durchlief den Mann, er griff sich an die Brust sank seitlich vom Stuhl. Bevor er auf dem Boden aufschlug, hatte sie ihre Jacke geschnappt und war an der Tür.

Vorsichtig schaute sie in den Gang. Auf der rechten Seite hörte sie laute und streitende Stimmen aus einem Zimmer, das waren wohl Augenbraue und Unterlippe. Auf der anderen Seite befanden sich mehrere Räume mit kleinen Fenstern in der Türe.

Sie blickte vorsichtig in jedes hinein. Im letzten saß Greg auf einem Stuhl – alleine. Sie schlüpfte hinein, schnitt dem sprachlosen Greg den Kabelbinder durch, warf das Messer in eine Ecke, packte seine Hand und zog ihn zur Tür. Ein Blick in den Gang zeigte ihr, dass die Luft rein war. Sie liefen zu einer Glastür, die in die Eingangshalle führte. Hier erwartete sie das nächste Hindernis. Vor der Tür auf der anderen Seite stand ein Polizist mit Gewehr über der Schulter und dem Rücken zu ihnen. Sie klopfte gegen die Scheibe, der Mann drehte sich um und schaute direkt in ihre Augen.

Er erstarrte, dann öffnete er wie auf einen unsichtbaren Befehl langsam ein wenig die Tür. Sie schaute ihm weiter in die Augen und sagte mit gemessener Stimme:

You're doing a good job. Thank you and good bye.

Der Polizist flüsterte mit großen Augen: Thank you, good bye.

Sie schlüpften durch die Tür, drehten sich nicht um und konnten nicht sehen, wie der Mann immer noch mit offenem Mund die Tür aufhielt.

Nun mussten sie noch am Wachmann vom Hauptausgang vorbei. Ebenfalls ein Mann in Uniform. Greg sagte zu Lucy:

Unterhalte Dich ganz relaxed mit mir, als ob wir gerade freigelassen worden sind.

Sie hakte sich bei ihm ein und munter brabbelnd zogen sie an dem Mann vorbei, als ob er gar nicht da wäre. Der Wachmann fiel darauf herein, außerdem war er durch seinen Bildschirm abgelenkt, er schien etwas Spannendes anzuschauen. Kaum waren sie an der Luft, bogen sie um die Ecke und entdeckten inmitten vieler kleiner mit Wellblech gedeckter Hütten eine, die sich als Kneipe entpuppte. Innen stand eine Bar mit Leuchtreklame, ein paar Tische mit rostigen Stühlen. Greg zog sie hinein, sie setzten sich in eine Ecke, aber so, dass sie die Straße noch gut sehen konnten. Greg sagte:

Here uns niemand vermutet. Wir warten ab.

Sie hatten gerade zwei *Chibuku Shake Shake*-Bier bestellt. Es wird in Kartons abgefüllt und man muss es vor dem Öffnen schütteln. Da hörten sie laute Stimmen, wütende Schreie, Befehle. Autos fuhren vor, Uniformierte sprangen hinein, Türen knallten, Reifen quietschen. In alle Himmelsrichtungen stoben nun Autos mit Sirenen, Menschen mit oder ohne Uniformen auseinander und über die staubigen Straßen. Einige liefen sogar hektisch an der Kneipe vorbei.

Lucy und Greg lehnten sich verwundert zurück und schauten dem Schauspiel genauso ungläubig zu wie der Wirt und die anderen Gäste.

Grenze

Irgendwann beruhigte sich die Stimmung in der Straße wieder. Langsam kehrten die Uniformierten zurück. Leute verließen die Behörde nach und nach, scheinbar um nach Hause zu gehen. Dienstschluss. Bald lag das große Steingebäude still da.

Gut, dass niemand von ihnen in die Kneipe wollte, sie hätten sie womöglich erkannt. Andere Gäste kamen und gingen. Greg und Lucy bestellten, aßen und tranken langsam, nur um zu warten, bis die Luft ganz rein war. Sie brauchten einen Plan. Sie fragte Greg:

Was ist wohl mit Deinem Flugzeug geschehen?

Ich denke, das wird noch bewacht eine Weile. Wegfliegen kann auf jeden Fall keiner damit. Ich habe zwei secret Switches eingebaut. Aber nutzt im Moment uns nichts.

Wie können wir über die Grenze nach Südafrika, nach Pretoria kommen? fragte sie.

Wir brauchen eine car, möglichst fast and furious, möglichst fuelled, und doch möglichst diskret.

Während sie noch grübelten, fuhr bereits ein zweites Mal ein grauer Cherokee mit dem typischen Sechszylinder-Brummeln vorbei. Hinten getönte Scheiben. Wer saß denn da am Steuer? Lucy schaute verblüfft in die Augen des Bärtigen.

Der hielt nun an, kam gemächlich zu ihnen. Er humpelte ein wenig. Unter seiner kurzen Hose schaute ein Stück von einem weißen Verband hervor. Er setzte sich mit an den Tisch, als ob sie alte Bekannte wären. Eine Weile sagte er nichts. Dann:

Wisst Ihr, wie scheißlange ich Euch schon suche? zischte er durch die Zähne. Er schaute grimmig. Gut, dass wir Euch immer gut orten können. Nur die Genauigkeit lässt zu wünschen übrig.

Lucy und Greg waren sprachlos. Lucy wollte von ihm wissen, wieso sie noch einen Beschützer bräuchte. Sie sei gerade selbstständig aus dem Gefängnis ausgebrochen. Greg dagegen fragte ihn, wie sie sie orten konnten.

Die beiden Männer musterten sich. Schätzten sie ab, welche Rolle sie im Leben von Lucy spielten? Wer stärker, intelligenter, besser war? Während Greg relativ locker schien, zeigte der Bärtige angespannt eifersüchtige Züge.

Jacke

Der Bärtige sprang auf und holte aus dem Cherokee ein Gerät, das aussah wie ein Radio. Allerdings hatte es ein Display, das er jetzt in Gang setzte. Er nahm ein paar Einstellungen vor, dann legte er es auf den Tisch. Auf dem Display war jetzt eine Art Radarfeld zu erkennen. Ein Punkt begann hektisch zu leuchten und zu blinken und er zeigte genau in Lucys Richtung. Sie stand auf und ging um den Tisch herum. Alle waren verblüfft – eigentlich hätte der Punkt mitwandern müssen, aber er blieb unverändert stehen. Da bekam Lucy eine Ahnung. Sie nahm ihre Jacke vom Stuhl und setzte sich wieder in Bewegung. Nun begann auch der Punkt zu wandern.

Mist, sagte sie, das Ding steckt in der Jacke!

Scheiße, fluchte der Bärtige.

Shit, rief Greg.

Lucy untersuchte die Jacke. An der Schulter fand sie den bekannten Riss. Sie fühlte mit dem Finger hinein und fand nach einigem Pulen einen daumennagelgroßen länglichen Gegenstand. Völlig unscheinbar, aber eindeutig ein Tracker und vielleicht sogar ein Datenspeicher.

Und dieses kleine Ding macht uns die ganze Zeit zu Verfolgten? fragte sie.

Wer alles davon weiß? fragte Greg in Richtung Bart.

Wenn ich das Ding orten kann, können es andere auch, antwortete der Bärtige.

Was machen wir damit? fragte Lucy.

Der Bärtige hatte eine Idee. Nachdem sie gezahlt hatten und zu seinem Cherokee liefen, kamen sie an einem älteren am

Straßenrand geparkten Pickup vorbei. Er warf den Chip unauffällig auf die Ladefläche.

So bleibt er in Bewegung, meinte er grinsend, aber ohne uns.

Am besten we rent a car, etwas Unauffälliges, sagte Greg, als sie bei dem Bärtigen im Wagen saßen.

Erschöpftes Nicken von den beiden anderen. Sie erreichten am Rande der Stadt eine etwas heruntergekommene Tankstelle. Wie in einem Hollywood-Film: Ein vom Wind bewegtes quietschendes Schild. Eine flackernde Neonleuchte. Angerostete Tanksäulen. Fehlten nur noch die vom Winde verwehten Tumbleweeds.

Es wurde schnell dunkel. Hinter einer der Zapfsäulen saßen drei Afrikaner im Blaumann. Einer machte schnell seine Zigarette aus. Da sie ein Geschäft witterten, schauten sie Ihnen freundlich entgegen. Greg war im Verhandeln gut, aber es brauchte Zeit. Erst das übliche Palavern, dann der Handel um den Preis, den Lucy entrichtete, dann wieder Freundlichkeiten. Der Bärtige prüfte noch Ölstand, Bremsflüssigkeit und ob auch wirklich vollgetankt war. Dann setzte sich Lucy ans Steuer und Greg stieg zu ihr in den Wagen. Der Bärtige fuhr im Cherokee voraus.

Inzwischen war es dunkel geworden. Sie fuhren noch ein paar Meilen, um die Stadt Gaborone zu verlassen. Ein einsamer abgelegener Parkplatz, der von dürren Büschen umgeben war, bot sich zum Übernachten an. Der Bärtige blieb in seinem Cherokee, Greg und Lucy machten es sich so gut es ging im Mietwagen auf den abgewetzten Sitzen bequem.

Im Morgengrauen waren alle froh, dass sie das unbequeme Nachtlager verlassen konnten. Der Bärtige teilte seinen Proviant mit ihnen. Kaffee gab es allerdings nicht, er hatte dafür seine üblichen Colaflaschen dabei.

Bombe

Als sie starten wollten, gab es eine böse Überraschung: Der Cherokee wollte nicht mehr anspringen. Obwohl sich Greg und der Bärtige bemühten und eine Weile unter der Motorhaube werkelten, es war nichts zu machen. Der Wagen hatte seine Schuldigkeit getan. Also blieb ihnen nichts anderes übrig, als den Dritten im Bunde im Mietwagen mitzunehmen. Sie luden ein paar Dinge um. Dann sollte es weitergehen. Sie waren vielleicht zwanzig Meter gefahren, als Lucy auf die Bremse trat und rief:

Stopp, stopp, meine Jacke!

Sie hatte sie neben dem Cherokee an einem Strauch hängen lassen. Als sie zurück lief, hörte sie ein merkwürdig sirrendes Geräusch. Es kam aus dem Himmel über ihr. Sie schaute hinauf - da sah sie eine Drohne in vielleicht 50m Höhe über dem Cherokee schweben. Dann fiel von dieser etwas herunter und landete genau auf dem Wagendach. Ein Blitz - und dann zerriss eine Explosion das morgendliche Konzert der Vögel. Etwas flog Lucy an den Kopf und warf sie zu Boden.

Gleichzeitig war der Druck der Detonation so stark, dass sie unter den Mietwagen geschleudert wurde. Das war ihr Glück, da jetzt kleine und größere Bruchstücke des völlig zerstörten Wagens herunter regneten.

Beide Männer saßen schon im Auto und blieben unverletzt. Sie sprangen heraus, um Lucy unter dem Wagen hervorzuzerren. Greg machte ein besorgtes Gesicht, untersuchte sofort ihre Kopfverletzung.

Nur eine Platzwunde, rief er, but it's rather bleeding!

Während der Bärtige einen Verbandskasten aus dem Kofferraum herauszog, Greg ihr mit Hilfe einer Wasserflasche und einem nicht mehr ganz frischen Taschentuch das Gesicht reinigte, betrachtete Lucy fassungslos das brennende Auto und die brennenden Büsche.

Meine Jacke.... stammelte sie.

Deine Jacke!? Wir hätten alle tot sein können! rief der Bärtige wütend.

Jetzt liefen ihr Tränen übers Gesicht. Durch den Schock konnte sie im Moment an nichts anderes denken als an ihre Jacke. Das einzige, was sie noch von ihrem Vater hatte! Das einzige, was sie noch aus der Heimat hatte. Wie oft war ihr diese Jacke seelische Zuflucht geworden? Jetzt war ihre Jacke tot.

Greg nahm sie in die Arme und hielt sie einfach nur fest.

Sie wollte schon so etwas Kitschiges sagen wie: Jetzt bist Du noch das einzige, was ich habe, aber da hörten sie eine Polizeisirene.

Schnell ins Auto und weg! rief der Bärtige.

Greg stützte Lucy, sie sprangen in den Mietwagen und waren mit quietschenden Reifen schnell auf dem Freeway. Sie sahen noch im Rückspiegel, wie zwei Polizeiautos in einer Staubwolke an der Explosionsstelle hielten. Der Bärtige fuhr Bleifuß.

Erst nach einigen Kilometern reduzierte er das Tempo. Lucy fasste sich an den Hals. Ihre Kette, die Kette mit dem Kreuz, die hatte sie noch. Und sie selbst lebte noch. Und Greg auch, und der Bärtige. Langsam kam sie wieder zu sich und realisierte, was geschehen war. Dann wurde sie wütend. Wer hatte den Chip zerstören wollen und dabei den Tod dreier Menschen, von der Jacke ganz abgesehen, in Kauf genommen? Wer war zu einem so hoch technisierten und gemeinen Angriff fähig?

Aber der Chip lag doch jetzt auf dem Pickup. Sie hätten eigentlich nicht mehr geortet werden können. War der Cherokee auch mit einem Tracker versehen worden? Gab es eine Satelliten–Überwachung? Für sie?

War der ganze Irrsinn nach der Explosion wenigstens vorbei? Würden sie jetzt in Ruhe gelassen? Aber war nun das Welt-Klima für immer verloren? Gab es Kopien von dem Chip? Könnte sie jetzt wenigstens unbehelligt zu ihrem Vortrag? Diese Gedanken schwirrten ihr durch den Kopf. Sie musste jetzt abschalten, sonst würde sie verrückt. Sie streckte sich auf der abgewetzten Rückbank aus.

Während der Wagen mit ruhig brummelndem Motor über den Freeway Nr. 4 rollte, mit der vorgeschriebenen Geschwindigkeit, um nicht aufzufallen, lief im Autoradio: *With my own two Hands* von *Playing for Change.* Der langsame Reggae-Rhythmus wirkte einschläfernd. Lucy fiel in einen unruhigen Schlaf.

Männer

Greg und der Bärtige schwiegen eine Weile. Zum Einen, um Lucy nicht zu wecken, zum anderen, weil ihnen nicht einfiel, über was sie reden sollten. Der Knall der Explosion und der Schock beim Anblick von Lucys blutüberströmtem Gesicht saß ihnen noch in den Knochen, und sie hatten immer noch ein Pfeifen in den Ohren.

Scheiß Spiel, oder? fluchte der Bärtige nach einer Weile.

I'm Greg. Wie heißt Du? fragte Greg.

Der Bärtige zögerte eine Weile, dann antwortete er: Urs.

Urs? Er hatte Schwierigkeiten mit der Betonung des r. Never heard that name, kam es von Greg.

Ist ein Schweizer Name, bedeutet: Bär. Meine Eltern waren Schweizer.

Pause. Die heiße staubige Landschaft flog an ihnen vorbei. Warum war auch hier alles so ausgetrocknet?

Greg wollte eigentlich fragen, was Urs denn mit Lucy zu tun habe, aber er fragte stattdessen:

Was haben die Schweizer mit Klima zu tun? Der Meeresspiegel kann steigen wie er will, Ihr sitzt in die Berge im Trockenen. Er lachte trocken.

Die Schweizer Regierung will, dass der Chip gut an sein Ziel gelangt, antwortete Urs. Das ist ein ganz besonderes nationales Interesse, da die Schweiz außerordentlich unter dem Klimawandel leiden würde, oder? Dass die Gletscher abschmelzen, damit haben wir uns schon fast abgefunden, dass es bald überhaupt keinen Schnee mehr gibt, damit aber noch nicht. Das wirkt sich nämlich auf Flora und Fauna aus, und zwar in jedem Kanton. Damit wird die Bodenerosion so zunehmen, dass auch die wenigen Bäume den Boden nicht mehr halten können. Dann ist in den Hochlagen auf den Almen kein Weidebetrieb mehr möglich.

Keine Kühe – keine Milch. Keine Milch – keine Schokolade! Hast Du eine Ahnung, was das für ein kleines Land wie die Schweiz bedeutet? Keine Gletscher, kein Schnee – kein Skifahren. Auch der Kletter- und Wandertourismus wird einbrechen, wenn die Schweiz nur noch eine öde Landschaft ist, oder?

Er verstummte. Diese Aussichten bedrückten ihn scheinbar sehr.

Du hast nicht einmal gesagt „Scheiße", grinste Greg. Aber Taschenmesser produziert Ihr noch, oder?

Die besten der Welt, antwortete Urs und konnte wieder ein wenig lächeln.

Was machen wir in Pretoria? fragte Greg etwas später. Wie geht es dort weiter?

Mein Auftrag ist, Lucy sicher zu dieser Konferenz zu bringen. Und ich soll auf den Chip Acht geben. Meine Auftraggeber gehen allerdings von einer anderen Person aus. Es handelt sich ja um eine Verwechselung. Aber ich habe Rücksprache mit Bern genommen. Der Schweizer Geheimdienst sagt, dass ich jetzt sie, Lucy, sicher nach Pretoria bringen soll. Dann sehen wir weiter, oder?

Lucy lag derweil auf dem Rücksitz und träumte.

Sie ist im Grasland bei den Buschleuten. Alle Buschfrauen tragen dieselbe Jacke, ihre Jacke. Gemeinsam sucht sie mit ihnen nach neuem Lebensraum. Aber wo immer sie auch hin kommen, alles ist vertrocknet. Mit kleinen Taschenmessern graben sie in der Erde nach Wasser. Sie finden keins. Stattdessen kommt plötzlich Blut hervor. Alle spüren: Mutter Erde ist tödlich verletzt, sie stirbt. Mutter Erde stöhnt gequält auf. Sie will, aber sie kann ihre Kinder nicht mehr schützen, nicht mehr retten, sie verblutet. Lucy schreit laut: Neeeiiiiiin .... und erwachte.

Greg drehte sich erschrocken zu Lucy um. Hattest Du einen bösen Traum?

Verfolgung

Als sie nickte, bemerkte er einen schwarzen Van, der ihnen im Abstand von etwa 250 Metern folgte. Nach einer knappen halben Stunde, sie waren jetzt auf einer Hochebene angekommen, überholte der Van. Vorne saßen zwei Männer mit schwarzen Sonnenbrillen. Sie blickten nicht herüber. Greg hatte ein ungutes Gefühl. Er machte Urs darauf aufmerksam.

Lucy wurde nun ganz wach, ihre Finger hielten das Kreuz umklammert. Sie hatte noch etwas aus ihrem früheren Leben, und das war mehr als dieser Gegenstand ...

Sie setzte sich auf und schaute aus dem Fenster. Immer noch flog staubige dürre Landschaft an ihnen vorbei. Aus dem hinteren Fenster bemerkte sie einen weiteren Van.

Habt ihr den gesehen? fragte sie nach vorne.

Ja, die sind uns auch aufgefallen.

Greg sagte jetzt „uns", fiel ihr auf. Aus den beiden auf den Vordersitzen war wohl in der Zwischenzeit ein Team geworden.

Ja, das ist der zweite Van, rief Urs, der fuhr hinter dem ersten und ist nun aufgerückt. Die wollen uns in die Zange nehmen!

Kaum hatte er zuende gesprochen, sahen sie, wie der schwarze Van vor ihnen in einer dicken Staubwolke eine Vollbremsung hinlegte und sich auf der Straße quer stellte. Gerade hier wurde die Straße enger und gerade hier begannen Leitplanken, deren Anfang im Boden versenkt war. Rechts und links blieb nur noch ein schmaler Spalt zwischen der Leitplanke und dem Van. Sie müssten eigentlich jetzt sofort eine Vollbremsung hinlegen!

Die Sonnenbrillen hatten jedoch nicht mit Urs' Geheimdienstausbildung gerechnet. Der gab Vollgas und steuerte mit dem rechten Vorderreifen auf die Leitplanke, der Wage kippte um circa 60 Grad und auf zwei Reifen schossen sie ungebremst durch die Lücke an dem Van vorbei.

Lucy purzelte ein zweites Mal im Fond herum, als Urs den Wagen wieder auf seine vier Räder setzte.

Hey, just like James Bond, rief Greg anerkennend.

Nun hatten sie einen kleinen Vorsprung gewonnen, da der zweite Verfolger erst einmal halten musste. Aber nach einigen Minuten holten die Vans wieder auf, obwohl Urs den Leihwagen mit durchgetretenem Gaspedal über den Freeway scheuchte.

Die Mittagssonne ließ den Asphalt flimmern. Der Wagen hatte keine Klimaanlage. Sie fuhren mit offenem Schiebedach. Es war laut. Wie lange noch bis Pretoria? schrie Lucy nach vorne.

Greg und Urs schauten sich an. Bei dem Tempo? Noch eine gute halbe Stunde! meinte Greg.

Wenn die bewaffnet sind, stehen unsere Chancen nicht gut, rief Urs.

Kurz darauf hatten die Verfolger aufgeschlossen. Der schwarze Van fuhr nun dicht auf. Wollten die sie rammen? Da hatte Greg eine Idee. Als Pilot hatte er ja schon einige Verfolger ausgetrickst und abgeschüttelt. Er sah das offene Schiebedach, nahm sämtliche volle Getränkedosen, die er in diesem Moment finden konnte, warf einen Blick nach hinten und als der Abstand ihm günstig erschien, warf er sie mit einem Schwung aus der Dachöffnung.

Eine der gefüllten Dosen fand ihr Ziel mitten auf der Windschutzscheibe des schwarzen Van. Diese zersplitterte unter ihrer Folie, die Dose platze auf und ließ zusammen mit der braunen Brühe den Fahrer nichts mehr sehen. Mit einer Vollbremsung kam der auf dem Seitenstreifen zum Stehen.

Der graue Van konnte gerade noch ausweichen, nahm die Verfolgung auf und saß ihnen jetzt im Nacken. Er hielt aber mehr Abstand. Besorgt blickte Urs auf die Tankanzeige. Bei Vollgas würden sie es nicht bis Pretoria schaffen, obwohl sie am Horizont schon die Skyline der Stadt erkennen konnten.

Doch ehe er sich über einen Plan B Gedanken machen konnte, sahen sie in etwa 500 m Entfernung eine Straßensperre und mehrere Polizeiwagen mit blinkendem Blau- und Rotlicht. Diese Sperre war professionell. Reifenhindernisse gegen das Überfahren lagen auf der Straße - ein Umfahren schien diesmal nicht möglich. Jetzt erkannten sie auch bewaffnete Polizisten. Hier gab es nur eins: Anhalten und zwar schnell! Urs blickte noch in den Rückspiegel. Der graue Van hatte schon gebremst und drehte um, er raste jetzt in die entgegengesetzte Richtung davon. Diese Sorge waren sie zumindest los. Urs stieg aufs Bremspedal.

Zurückweisung

Als der Wagen nur noch im Schritttempo auf die Sperre zufuhr und dann hielt, erkannten sie eine weiße Frau ohne Uniform, aber sehr offiziell aussehend gekleidet. Hinter ihr standen mindestens 10 schwerbewaffnete Polizisten mit Gewehren und Maschinenpistolen im Anschlag.

Was für ein machtgeiles Gefühl muss das für diese Frau sein, dachte sich Greg.

Ohne Worte, nur mit einer Kopfbewegung bedeutete sie den Dreien auszusteigen. Sie nahmen instinktiv die Hände hoch. Sie winkte sie zu sich heran. Während ihnen der Schweiß in der Mittagshitze herunterlief, wirkte die Frau völlig cool hinter ihrer schwarzen Sonnenbrille.

Mrs. Bucher, nehme ich an, sagte sie. Sanders, Staatspolizei, Sie und Ihre Begleiter – sie würdigte die beiden Männer keines Blickes - sind illegal in die Südafrikanische Republik eingedrungen. Das kommt Sie teuer zu stehen. Sie machte eine Pause. Normalerweise würden wir Sie jetzt festnehmen. Gefängnis, Verhöre, Geldstrafen usw.

Lucy fragte sich, was wohl „usw." wäre. Sie antwortete verzweifelt:

Aber wir sind verfolgt worden, man wollte uns überfallen, töten, wir hatten gar keine Chance legal einzureisen. Außerdem muss ich einen Vortrag ...

Die Frau schnitt ihr mit einer Handbewegung das Wort ab: Um Ihnen und uns diplomatischen und sonstigen Ärger zu ersparen - kehren Sie um, fahren Sie zurück nach Botswana und lassen Sie sich nicht mehr hier blicken. Sie sind in der Südafrikanischen Republik unerwünscht.

Als alle drei protestieren wollten, legte sie die Hand auf eine Waffe in einem Holster an ihrer Hüfte, die sie erst jetzt wahrnahmen.

Urs sagte leise auf Schweizer Deutsch: Kommt, lasst uns gehen, uns fällt etwas anderes ein, oder?

Sie waren gerade eingestiegen, da fiel Greg auch tatsächlich etwas ein:

I know a person in Akasia, das liegt außerhalb von Pretoria, ein Vorort. Ganz in der Nähe. I call her, I have an idea ... Urs, hast Du mobile phone?

Lucy fragte: Müssen wir nicht mal eine Pause machen und tanken?

Sie ahnten, dass ihre Rückfahrt beobachtet wurde, aber tanken war hoffentlich erlaubt. Tatsächlich folgte ihnen in einigem Abstand ein Polizeiwagen. Auf einem Umweg zurück nach Pretoria zu fahren wäre denen sofort aufgefallen.

Nach wenigen Kilometern kam eine Tankstelle mit Coffeebar. Um diese Uhrzeit war nichts los. Urs tankte. Die anderen verschwanden in der Bar.

Mandela

Wir lassen uns Zeit, meinte Greg.

Nach einer halben Stunde tauchte eine Gang mit Motorrollern auf. Es dauerte eine Weile, bis sich der Staub verzogen hatte. Dann sahen sie eine junge Frau, vielleicht 30 Jahre alt, sie löste ihren Helm und kam lachend auf Greg zu.

Ayanda! rief er.

Mandela! antwortete sie.

Sie umarmten sich und sprachen auf Afrikaans ein paar Sätze miteinander. Dann stellte sie ihre Begleitung auf Englisch vor: Zwei junge Männer, Thabani und Sipho, und eine Frau, Lindiwe, die nun ebenfalls ihre Helme abnahmen. Sie waren jung, sahen aus wie Studierende und waren es vermutlich sogar.

Du hast ja einen kühnen Plan, meinte die junge Frau bewundernd zu Greg.

Der strahlte und als er die Fragezeichen in Lucys und Urs' Augen sah, stellte er die beiden vor. Ayanda betrachtete besorgt Lucys Kopf. Während Greg seinen Plan erklärte, holte Ayanda einen Verbandskasten von ihrem Roller und wechselte den Verband. Sie sagte leise zu ihr: Das ist eine tiefe Platzwunde, solltest Du nähen lassen, blutet immer noch etwas.

Wieso sagst Du Mandela zu ihm? fragte Lucy.

Das ist in Südafrika ein gebräuchlicher Vorname zu Ehren von Nelson Mandela geworden. Ayanda lächelte. Und weil Greg so vielen Menschen in ganz Afrika hilft, nennen ihn hier alle so.

Greg erklärte: Ayanda hat hier in die Nähe eine Motorrad- und Quadverleih. Und sie sich gut auskennt in Pretoria. Sie wird uns jetzt sofort auf secret roads dahin geleiten. Die junge Leute, die die E-Roller hierher gefahren haben, steigen in unser car und fahren ganz gemütlich bis Botswana Grenze. Sogar mit Polizeieskorte, grinste er. Alle lachten.

Dort lassen sie die Car stehen und werden von Ayanda mit eine andere Auto wieder abgeholt.

Guter Plan. Aber jetzt Beeilung! rief Urs, ich weiß nicht, wie lange die Polizisten da draußen Geduld haben. Und ihr müsst zuerst los, sagte er zu Thabani, Sipho und Lindiwe.

Diese überließen ihre Motorradjacken und Helme den frischgebackenen Rollerfahrern.

Vollgas

Wenige Minuten, nachdem der Polizeiwagen die Verfolgung wieder aufgenommen hatte und vorbeifahren war, stiegen sie auf die E-Roller. Ayanda rief:

Ihr müsst nur Vollgas geben und bremsen – alles andere ist automatisch. Wir fahren durch ein Biosphären Reservat, da dürfen keine Autos durch. In den kleinen Vororten achtgeben auf Kinder und Hunde, aber nicht anhalten! In 40 Minuten sind wir in der City. Die Roller sind „vollgetankt", lachte sie.

Nun ging es flott über verschiedenste Pfade gen Pretoria. Ayanda fuhr voraus. Alle waren überrascht, wie leicht sich die Roller fahren ließen, wie angenehm ihnen der Fahrtwind in der Nachmittagshitze Kühle gab. Sie kamen sich vor wie Easy Rider, *Born to be wild*. Manchmal waren es festgetretene Trampelpfade, wo kaum jemand unterwegs war, manchmal Dorfstraßen, wo sie achtsam um Mensch und Vieh und Karren herumfahren mussten.

Bald erreichten sie Pretoria, da ließ es sich easy auf den breiten Asphaltstraßen cruisen. Sie gelangten wieder auf den Freeway Nr. 4, der direkt am Campus vorbei führte. Weil sich Ayanda gut auskannte, kamen sie schnell ans Ziel, ohne dass sie ein Navi brauchten.

Die soziologische Fakultät für Geisteswissenschaften in Pretoria lag auf dem *Hatfield Campus*. Das kleine Hotel befand sich direkt am danebenliegenden Park.

Hier würde ihre Reise endgültig ans Ziel gelangen, dachte Lucy. Sie war fast ein wenig traurig. Worüber sollte sie nochmal morgen früh sprechen? Ach ja, Resozialisierung. Schwer zu glauben, dass sie nach alledem, was sie in den letzten Tagen erlebt hatte, nun wieder vor einem Auditorium stehen sollte. Wie viele interessierten sich überhaupt in Südafrika für das Thema?

Vielleicht war es nur ein kleiner Kreis von Soziologinnen, Studierenden, ein paar Sozialarbeitern und evtl. Personen aus dem Strafvollzug. Dreißig Menschen wären schon viel.

Sehnsüchtig dachte sie: Erst einmal duschen, etwas essen und ein frischer Verband. Und ein paar einfache neue Kleidungsstücke. Alle Sachen, die sie mit Fadi erworben hatte, lagen noch in Gregs Flugzeug. Was trug man hier in Pretoria, einer Großstadt mit fast einer Million Menschen?

Während sie bereits den Abend und die nächsten Schritte plante, hatte das Schicksal anderes vor.

Doppelgängerin

Sie bogen gerade in den langen Nachmittagsschatten des hohen Hauptgebäudes der Universität ein, da sahen sie sie stehen. Sahen sie viel zu spät. Wieder mal ein Van, diesmal ein weißer. Einige junge, kräftig gebaute Männer und eine Frau. Als ob sich die Polizeichefin und ihre bewaffnete Eskorte nur kurz umgezogen hätten. Während sie bremsten, bemerkte Lucy, dass die, die sie erwarteten, keine Uniformen hatten, keine sichtbaren Waffen, kein Blaulicht. Und die Frau – die Frau trug *ihre* Jacke! Sie hatte *ihre* Haare, allerdings frisch gewaschen und ein nicht durchgeschwitztes, sauberes weißes T-Shirt.

Es war ihre Doppelgängerin aus dem Flugzeug!

Während sie mit ihren Rollern zum Stehen kamen und Greg überlegte, ob sie schnell kehrt machen und flüchten sollten, kam Lucy Nr. 2 einige Schritte auf sie zu und sagte:

A warm Welcome in Pretoria, Mrs. Bucher! Und das sind sicher ihre tapferen Begleiter und ihre kluge Lotsin? sprach sie auf Deutsch mit niederländischem Einschlag.

Alle vier nahmen verblüfft ihre Helme ab. Unterdessen sprach die Frau weiter:

Ich bin Evelyn van Dert vom südafrikanischen Geheimdienst. Diese Männer hinter mir passen auf, dass für Sie nicht wieder etwas Unvorhergesehenes passiert. Sie lächelte. Sie werden sich sicher über einiges wundern. Damit Sie wissen, dass ich auf Ihrer Seite bin – *ich* habe die Bombe im Flugzeug entschärft. Wenn Sie ein wenig Geduld gehabt hätten, hätten Sie nicht abspringen müssen...

Scheiße, rief jemand hinter Lucy, und sie wusste genau, wer.

Aber warum...? wollte Lucy fragen.

Doch Evelyn warf dazwischen: Kommen Sie doch erst mal mit, Sie müssen doch durstig sein.

Tatsächlich hatten die Männer hinter dem weißen Van einen Tisch mit einer Tischdecke, Getränken und Fingerfood aufgebaut. Wer von weitem zusah, der hätte gedacht, hier stünde der Infostand einer Studentenorganisation oder es würde eine Seminarfete gefeiert.

Während die Vier immer noch verwundert von der plötzlichen Wende sich an Getränken und den Snacks bedienten, klärte Evelyn sie weiter auf:

Zuerst einmal tut es mir leid, dass Sie nicht so herzlich in der Südafrikanischen Republik empfangen wurden, wie ich mir das gewünscht hätte. Die Staatspolizei hat wohl vor uns von Ihrer Einreise Wind bekommen. Und die sind manchmal etwas vorschnell und rabiat in ihren Aktionen. Wir wurden erst hinterher informiert.

Evelyn fuhr fort: Dann sollte eigentlich *ich* den Chip unter die Haut bekommen und hierher bringen! Aber es gab die Ihnen bekannte Verwechselung und auch noch die unprofessionelle Applikation des Chips.

Um es kurz zu machen, wir erkannten, dass Sie und ihr Team Mr. Greg Shannon und Mr. Urs Huetli die besten Transporter für den Chip waren. Der amerikanische Geheimdienst, der englische secret service, die russische Drogenmafia, ein südamerikanisches Drogenkartell und eine merkwürdige amerikanische Organisation namens „Creation First" und viele andere mehr, die hinter dem Gen-Chip her waren, gingen leider nicht zimperlich mit Ihnen um. Ich vermute, dass inzwischen noch mehr Leute dieses Gen und die Daten zu den Herstellungsangaben haben möchten. Und manche scheuen sich nicht einmal, dafür zu töten.

Gottseidank gelangte der Chip nur in Ihre Jacke, weshalb Sie wohl noch am Leben sind. Aber es war auch keine gute Idee, den Datenchip mit einem Tracker zu versehen. Ich möchte mich ausdrücklich dafür entschuldigen.

Die nordkoreanische Drohnenbombe hatte es ebenfalls auf den Chip abgesehen, nach dem Motto „wenn wir ihn nicht haben können, dann auch niemand anders!" Allerdings bedienten sie sich eines Militärsatelliten um Sie zu orten.

Aber gibt es nicht Kopien dieser Pläne? fragte Urs.

Bevor sie antworten konnte, schien ihr ein Knopf im Ohr etwas zuzuflüstern. Sie überhörte Urs' Frage und verfügte dann laut und unmissverständlich:

Es gibt eine Planänderung. Die dürfte in Ihrem Interesse sein. Sie müssen der Welt Ihre Erfahrungen und Erkenntnisse mitteilen. Ich habe den Auftrag, sowohl von der Regierung als auch von der Klimakonferenz COP (Conference Of Parties), Ihr Verständnis voraussetzend, sie lächelte, Sie direkt dorthin zu bringen. Sie werden sehnsüchtig erwartet. Nicht in der Uni, sondern in der Tshwane City Hall, wo gerade dieser Klimakongress stattfindet.

Erst wollte Lucy noch protestieren, aber nach dem, was geschehen war, schien ihr das eine vernünftige Lösung zu sein, um die Sache zu einem guten Ende zu bringen. Ihr Vortrag war ja erst morgen. Und Evelyn machte wirklich einen überzeugenden Eindruck.

Tatsächlich fand parallel zu ihrer kleinen Soziologie-Tagung eine internationale Klima-Konferenz zur Wiederaufforstung der Wälder, speziell der Regenwälder statt. Vor allem ging es darum, sogenannte *climate change hotspots* festzulegen. Lucy hatte in der Zeitung mal gelesen, dass Deutschland und Südafrika dabei eine enge Zusammenarbeit pflegten. Spezialisten und Forscherinnen aus aller Welt waren eingeladen. Von den Folgen des Klimawandels sind weltweit einige Regionen - hotspots - besonders betroffen. Dort hat der Klimawandel starke physische und ökologische Auswirkungen vor allem auf Schutzbedürftige und Arme. Und dort sollte als allererstes geholfen werden.

Marianne (nach Eugène Delacroix)

Schon waren sie in dem Van unterwegs zur City Hall. Erst jetzt spürte sie ihre Erschöpfung und sie konnte sich vorstellen, was Urs sagen würde, wenn sie ihn fragen würde, wie sie gerade aussah.

Lucy wollte noch rufen, halt, ich muss erst mal unter eine Dusche und brauche frische Klamotten...

... da waren sie auch schon am Hintereingang der Halle angekommen. Evelyn und andere Leute schoben und zogen sie durch Türen, hängten ihr einen Ausweis um, und ehe sie noch fragen konnte, wie sie an ihr Foto gekommen seien und dass sie dem momentan sowas von nicht ähneln könnte, stand sie schon hinter dem Rednerinnenpult.

Mit ihrer schmutzigen, immer noch lehmverschmierten Kleidung, den dunklen Streifen von der Explosion, den Löchern im T-Shirt sah sie aus wie in einem Camouflage-Combat-Anzug. Fehlten noch Pfeil und Bogen wie bei *Catniss* oder ein Schwert wie bei *Ichi* – sie sah einfach verwegen aus!

Ihre Stirn war verbunden mit einem ehemals weißen Verband, an der Seite sah man getrocknetes durchgesickertes Blut. Die einzige Schminke war der Staub des Freeways.

Oh Gott, sie blinzelte in die Menge. Es gab doch ein paar hundert Leute mehr, als bei ihrem Soziologie-Vortrag gewesen wären. Früher hätte sie erst einmal Lampenfieber gehabt, zumindest bis ihre Worte im Fluss waren. Aber hier stand sie nun, erschöpft und doch aufgekratzt, und sie hatte etwas zu sagen – doch wie sollte sie es bloß ausdrücken?

Sie schaute in jede Menge Kameras, auf Mikrofone und jede Menge wichtige Menschen in Anzügen in den ersten Reihen, zumeist Männer, aber auch afrikanische Politikerinnen in traditionellen Gewändern, unter anderem die südafrikanische Außenministerin Lindiwe Sisulu. Sie saßen wohl schon seit einer Weile in diesem Saal, tranken aus kleinen Wasserflaschen und fächelten sich Luft zu.

Nach hinten hin wurde es bunter, dann bei der Presse und den Kameraleuten legerer.

Und auf einmal kam sie sich ganz klein vor. Sie spürte nun die Strapazen und Erlebnisse der letzten Tage. Das ständige Auf-der-Flucht-sein, Spielball verschiedenster Institutionen sein, der Verlust ihrer Jacke, die Verletzung und der Blutverlust machten sich bemerkbar.

Wie oft hatte man versucht sie zu töten? Ihr Mund war ganz trocken. Da sah sie das Glas Wasser. Sie trank es in einem Zug leer.

Was hätte Ihr Vater jetzt zu ihr gesagt?

Die Menge wurde unruhig und fragte sich: Wer ist denn diese Frau? Was ist mit ihr passiert? Wieso steht sie am Rednerpult?

Sie musste einfach etwas tun. Sie hob den Arm. Wenn sie jetzt noch eine Fahne halten und eine Brust freimachen würde, könnte man sie für **Marianne** halten, nach dem Gemälde „Die Freiheit führt das Volk" von Eugène Delacroix. Mit der anderen Hand nahm sie das Mikro aus der Halterung, ging nach vorne an die Rampe und setzte sich hin. Unruhe bei den Kamera- und Presseleuten, sie mussten nun ihre Objektive neu ausrichten.

Jetzt war sie so nah an den Menschen in den ersten Reihen, dass sie ihnen in die Augen schauen konnte. Jedem einzelnen. Und sie merkte, da sind Menschen, die etwas bewegen möchten, die ernsthaft hier waren und sich Sorgen machten um das Klima. Sie war eine von ihnen. Ihr Selbstbewusstsein kam zurück. Ihr Blick wurde auf einmal wieder klar. Ihre Augen wanderten durch die Reihen. Sie hatte noch kein Wort gesagt. Die Menschen reagierten ganz unterschiedlich. Einige wandten den Blick ab, andere schauten ihr gebannt in die Augen, wieder andere reagierten verwirrt... Die Kameras zoomten heran, diese stahlblauen Augen faszinierten auch die Reporterinnen.

Keine Rede

Sie wusste, hier schauten die Menschen und die Augen der Kameras nicht auf die Soziologin Lucy Bucher. Sie wollten eine

Klimaaktivistin hören. Eine, die vielleicht neue Ideen hatte für eines der drängendsten Probleme der Gegenwart und der Zukunft. Sie hatte zwar schon ihre Meinung und ihre Gedanken dazu. Sie hatte nur keine Rede, kein Konzept, keine Lösung.

Ihr Vater fiel ihr wieder ein. Vor ihrem ersten Vortrag in der Humboldt-Universität zu Berlin sagte er zu ihr:

Pack dein Herz auf Deine Zunge, misch etwas Salz und Pfeffer dazu und lass Deinen Mund sprechen.

Also begann sie:

Ich schau Euch in die Augen, Ihr Kleinen und Großen dieser Welt...

Langsam formen sich mehr Worte in ihrem Mund:

...wir werden aussterben ... sie lässt ihre Worte wirken ... die Frage ist nur: wie? und wie bald? und wie lange werden wir leiden?

Die Zuhörenden halten den Atem an. Wer ist denn diese Frau? und was sagt sie da? Es war plötzlich mucksmäuschenstill.

Sie fuhr fort: Oder gibt es doch noch Lösungen? Auf meinem Weg hierher habe ich viel gesehen, was meine Einstellungen zum Klimawandel geändert hat. Ich wurde verfolgt, aus dem Flugzeug geworfen, sollte abgeschossen werden, in irgendwelchen dunklen Kerkern verschmachten, ich entging Bombenanschlägen und Verhaftungen. Weil ich angeblich einen Chip mit einem Wachstumsgen besitze, auf den etliche ihre großen Hoffnungen setzen, um den Klimawandel aufzuhalten. Er enthielt Informationen zu einem Gen, mit dem man Pflanzen, vor allem die des Regenwaldes, 10x schneller wachsen lassen kann.

Lautes ungläubiges Gemurmel.

Ist das aber die Lösung? Sie machte eine Pause bis es wieder ruhiger war. Ich habe lange gedacht, wir Menschen hätten noch genug Zeit. Zeit um etwas zu ändern, Zeit, um *uns* zu ändern, Zeit, die Klimakatastrophe aufzuhalten. Diese Zeit haben wir nicht mehr.

Murmeln aus den hinteren Reihen.

Mein Name ist Lucy Bucher. Ich komme von der sozialwissenschaftlichen Fakultät der Humboldt-Universität zu Berlin. Ich bin keine Naturwissenschaftlerin, ich bin auch keine Klimaaktivistin, ich bin Soziologin. Ich weiß etwas von Menschen in Gesellschaften, bei Pandemien, ihrem Verhalten bei Katastrophen. Aber davon wollen Sie heute nichts – vielleicht noch nichts – hören.

Mittlerweile wunderte die Anwesenden nichts mehr. Manche saßen mit offenem Mund da.

Liebe Menschen in den Religionen und Kirchen, die Erde zu schützen, das Klima zu retten, die Schöpfung bewahren, das ist euer Ziel und das hohe Ziel dieses Kongresses. Aber es geht nicht mit der Einstellung „Wir sind die einzig richtige Religion" ... sondern nur mit dem, was alle Religionsstifter gesagt haben: mit Schwester- und Brüderlichkeit...

Jetzt fühlte sie sich in einem flow.

Ihr Regierenden und Ihr Politiker, mit der Einstellung „my Country first" seid ihr wahrscheinlich das erste Land, das bei einer Klimakatastrophe untergehen würde.

Etliche Zuhörerinnen nickten. Hier sprach eine Frau nicht mit geschliffenen Worten, mit politisch korrekten Formulierungen, sondern mit klaren Worten.

Ihr Menschen in den Umweltorganisationen, ihr seid diejenigen, die am mutigsten sind, weil ihr den Ernst der Lage erkannt habt. Ihr handelt. Aber Ihr lebt von den Spenden des schlechten Gewissens der Menschen, die nichts tun, die sich beim CO_2 freikaufen wollen, die ein paar Millionen in Entwicklungshilfe stecken, aber zu Hause nichts ändern…

Alles, was ich Euch heute sage, ist nichts Neues, nichts Revolutionäres, nichts, was Euch die Wissenschaftlerinnen nicht schon längst gesagt haben: Wir *haben* das Wissen, und wir haben das Know How, die Erde und unser Klima zu retten! Vielleicht können wir es noch schaffen. Und deshalb ist es gut, dass Ihr alle heute und hier da seid!

Leichter Applaus.

Wir brauchen kein Gen, das den Regenwald wieder 10x schneller wachsen lässt. Wir brauchen Menschen, die sich nicht 10x von Lobbyisten und anderen bremsen lassen, sondern Menschen, die 10x schneller handeln, um diesen Kontinent und unseren Planeten zu retten.

Zunehmender Applaus brandete auf. Die Anwesenden ließen sich von den ehrlichen Worten mitnehmen.

Liebe Geheimdienstleute, die ihr nicht wolltet, dass ich hier in Pretoria ankomme, ändert Eure Maxime: Nicht mein Land zuerst – sondern unsere Erde zuerst! Denkt Ihr, Ihr könnt Euer Land retten, wenn die Welt um Euch herum untergeht? Ihr habt versucht zu verhindern, dass ich hier spreche. Was kann ich denn hier sagen, was nicht schon jede und jeder weiß, oder zumindest ahnt. Was kann daran gefährlich sein?

Ihr Gangster, Ihr Mafiabosse ...

In diesem Moment erschien ein roter Laserpunkt auf Lucys nicht mehr ganz so weißem Verband direkt neben dem Blutfleck. Sie sah ihn nicht, aber die Menschen im Saal erblickten ihn sofort. Alle hielten die Luft an, und noch bevor es zu einem kollektiven Aufschrei kam, passierten mehrere Dinge gleichzeitig.

Ein leises „Puff", das Splittern der großen bunten Glasscheibe hinter Lucy, ein heftiges Gerangel und Schreie von der Empore, die für Besucher gesperrt worden war, laute Geräusche als Anzeichen eines heftigen Kampfs.

Greg und Urs hatten den Schützen gerade noch rechtzeitig entdeckt, als dieser dabei war, sein Gewehr zusammenzubauen. Sie hechteten die Treppe zur Empore hinauf, schwangen sich über Stühle und Bänke. In dem Moment, als der Schütze gerade abdrückte, sprangen sie von beiden Seiten auf ihn und überwältigten ihn, konnten aber den Schuss nicht verhindern. Doch das Geschoss verfehlte Lucy und traf die große bunte

Scheibe. Urs suchte den Mann sofort nach weiteren Waffen und Sprengstoff ab, Greg rief Lucy und den Besucherinnen von oben zu, dass alles gesichert sei.

Die Menschen, die eigentlich aufgesprungen waren um zu flüchten, blieben nun stehen und klatschten spontan Beifall. Sicherheitskräfte strömten herein, Waffen wurden gezückt, Befehle geschrien. Ein unheimliches Tohuwabohu entstand im Saal und vor dem Gebäude. Die Telefonleitungen glühten, hätte man vor der Erfindung des Handys gesagt. Die Presse war entzückt und außer sich – was für ein Ereignis! Immer mehr Kameras wurden aufgebaut, Journalisten aus allen Ländern sprachen innerhalb und außerhalb des Saales aufgeregt und begeistert in Mikrofone.

Lucy saß immer noch auf der Rampe. Sie lehnte sich nun mit dem Rücken an das Redner-Pult. Sie schaute mit leerem Blick in die wuselnde Menge. Jemand hielt ihr eine Wasserflasche hin. Sie nahm sie dankbar. Aber keiner näherte sich ihr mit einem Mikro. Die Menschen hielten fast ehrfürchtig Abstand. Eine Aura hatte sich um sie herum ausgebreitet.

Als es etwas ruhiger wurde, merkte sie, dass sie noch immer das Mikrofon in der Hand hielt. Da fasste sie sich, stand auf, hob den Arm. Nach und nach merkten die Leute ihr Zeichen. Sie zeigten auf sie, legten Finger auf ihre Münder. Lucy wartete bis es still war. Dann stellte sie die beiden Helden Greg und Urs auf der Empore vor. Wieder rauschte Applaus durch den Saal. Allerdings konnten die beiden sich nicht verbeugen, sie saßen draußen bei der Polizei in einem Fahrzeug, um ihre Zeugenaussagen zu machen.

Dann fiel ihr ein, dass sie eigentlich nicht die Hauptrednerin war. Auch nicht die Veranstalterin. Es musste doch ein Programm geben ... Da kamen auch schon ein paar lächelnde Menschen auf sie zu. Man setzte sie auf einen Stuhl, redete von ihrem Mut, drückte Dankbarkeit für ihr Kommen aus ...

Eine Nachricht von Greta wurde auf die Leinwand projiziert, die twitterte, niemand hätte das in diesem Moment besser ausdrücken können als Lucy.... Wieder Applaus...

Während nun die Organisierenden versuchten wieder etwas Struktur in den Ablauf zu bringen, tauchte ein junger Mann mit Vollbart auf. Er sah ungewöhnlich blass aus. Kurzes Verhandeln mit den Verantwortlichen des Kongresses. Dann war es heraus: Der Entdecker und Erforscher des Wachstumsgens war persönlich erschienen. Er kam direkt aus Berlin und wollte eine Botschaft loswerden. Aber zuerst ging er zu Lucy, kniete vor ihr nieder und sagte, es täte ihm so leid, dass sie wegen seinem Gen in solche Schwierigkeiten, ja in Lebensgefahr gekommen sei.

Der Entdecker

Du bist der Typ, meinte Lucy zornig, für dessen Entdeckung ich mein Leben riskiert habe? Weshalb meine Jacke jetzt tot ist? Schwierigkeiten nennst Du das?

Sie wollte ihm gehörig die Meinung sagen, aber er unterbrach sie beschwichtigend:

Es war nicht meine Idee, den Chip auf diese Weise hierher zu bringen. Man hätte die Daten doch auch verschlüsselt mailen können. Ich wusste es bis vor ein paar Tagen auch nicht! Die Geheimdienste haben das irgendwie ausgeklüngelt! Bei denen musst Du Dich beschweren!

Er kniete immer noch vor ihr. Obwohl Kameras um sie herum filmten und blitzten, unterhielten sie sich, als ob sie allein wären. Justus - Justus Michelson, so stellte er sich vor, hatte zuerst so viele Hoffnungen in dieses Gen gesetzt. Nun kauerte er sich neben sie, als er merkte, dass sich ihr Ärger etwas gelegt hatte.

Aber je mehr Justus über die Folgen dieser Genveränderung nachdachte und sich mit seinem Team besprach, desto mehr wurde ihm klar, dass ein solches Gen nicht die Klimaprobleme lösen würde, weder in Afrika, noch in Deutschland, noch auf der ganzen Welt. Im Gegenteil, in den falschen Händen könnte die ganze Botanik der Welt aus den Fugen geraten. In den falschen Händen könnten genmanipulierte Pflanzen die Ökosysteme nachhaltig schädigen. Denn zum einen hatten sie bei Testpflanzen festgestellt, dass sie 10x so viel Wasser, Nährstoffe und Mineralien dem Boden entzogen. Und das mit einer Geschwindigkeit, die unter Umständen ganze Landstriche für immer austrocknen und veröden ließ.

Auswirkungen auf die CO_2-Bilanz und das Klima haben wir zwar im Computer simuliert, aber keine klaren Ergebnisse bekommen, sagte Justus.

Zum Anderen käme hinzu, dass noch nicht sicher sei, ob das Gen eventuell von einer Pflanze zur anderen weitergegeben werden könnte und wie Tiere auf verändertes Futter reagieren würden. Und was, wenn das Gen über Pflanzen und Tiere in den Menschen und auf sein Erbgut geraten würde? Das wäre womöglich die Büchse der Pandora.

Lucy fragte ihn daraufhin, wie denn Pflanzen wie Cannabis, Mohn, Koka mit dem Gen wachsen würden, und wie sich das auf den Weltmarkt auswirken könnte.

Justus schüttelte nur den Kopf: Sobald Mafia, Drogenkartelle oder sonstige Verbrecher das in die Hand bekämen, wäre jede Kontrolle verloren! Das Gen wäre dann im Ökosystem und ließe sich nie wieder kontrollieren oder entfernen.

Ich denke, sagte er, wir müssen das Gen und alle Pläne sofort vernichten. Was meinst Du dazu?

Lucy wurde sich erst jetzt der Tragweite ihrer Entscheidung bewusst. Und erst jetzt verstand sie, warum so viele hinter dem Chip her waren. Waren?

Sie flüsterte ihm zu: Ja, ich denke auch, für einen verantwortlichen Umgang mit solch brisanten Genen ist die Menschheit noch nicht bereit. Mein Chip ist übrigens irgendwo auf einem Pickup unterwegs. Er war in meiner Lieblingsjacke – die ist jetzt verbrannt. Sie schaute ihn wieder grimmig an.

Justus antwortete: Das tut mir leid für Deine Jacke, aber dass der Chip noch nicht vernichtet ist, ist nicht gut. Ich war wohl einfach sehr naiv, als ich dachte, Du bzw. Deine Doppelgängerin könnten hier die Datenlage vorstellen, könnten bei diesem Kongress friedlich die Vor- und Nachteile diskutieren und man könnte gemeinsam eine Entscheidung treffen. Das war wohl eine Illusion. Es tut mir leid, dass Du dabei so in Gefahr geraten bist.

Er schaute ihr in die Augen. In dem Moment räusperte sich jemand lautstark neben ihnen. Sie blickte auf und sah Greg.

Greg! rief Lucy, ich habe mich noch gar nicht bei Dir bedankt, komm her, Du Lebensretter!

Sie drückte ihn impulsiv an sich. Er war etwas überrascht, aber hielt sie dann fest in seinen Armen. Ein zweiter Räusper neben ihnen ließ sie aufblicken. Da stand Urs grinsend und sagte nun auf Schwyzerdütsch:

Und was ist mit mir, he? Da habe ich doch auch einen Anteil daran, oder?

Lucy zog ihn dazu und gleich auch noch Justus. So stand dann das Quartett zusammen wie die vier Musketiere, die vier Jahreszeiten oder einfach nur vier Verrückte.

Ein dritter Räusper, diesmal auf Englisch, ließ sie sich lösen. Eine der Veranstalterinnen war hinzugetreten, nahm das Mikrofon und rief die Teilnehmenden aus aller Damen und Herren Länder auf, doch wieder Platz zu nehmen.

Sie versuchte das Programm, das einigermaßen durcheinander gekommen war, wieder in eine überschaubare Ordnung zu bringen. Es folgten einige kurze Statements von Klimaaktivistinnen, Politikern, die in der ersten Reihe gesessen hatten.

Die wissenschaftlichen Vorträge, Workshops und Pressekonferenzen wurden für den nächsten Tag angekündigt.

Abend

Es war schon spät geworden. Das Quartett bekam noch Zuwachs von Evelyn, die, mit einem Tablet-Computer in der Hand, ihnen einiges zu erzählen hatte.

Plötzlich kam ein großer Afrikaner auf sie zu. Er sah aus wie ein Diplomat. Es stellte sich heraus, dass er ein Vertreter der Regierung von Botswana war. Er ging direkt auf Lucy zu. Bei Greg und Urs spannten sich automatisch die Muskeln an. Aber er blieb in angemessenem Abstand stehen und verbeugte sich. Er entschuldigte sich im Namen seines Landes für die Vorkommnisse in Gaborone. Sie wären selbst von einem Mann betrogen worden, der sich als Abgesandter der russischen Regierung ausgegeben hätte. Er läge übrigens mit einem Herzinfarkt und völlig verwirrt in einem Militärkrankenhaus. In Wirklichkeit gehöre er wohl irgendwelchen Illuminati an, die eine Weltverschwörung hinter allem und auf dem Chip vermuteten.

Sie bekämen natürlich ihr Flugzeug zurück und man würde sich freuen, sie als Gäste in der Republik Botswana begrüßen zu dürfen. Außerdem wüsste man ihre Beratung in Klimafragen sehr zu schätzen, ob sie nicht einen Vortrag halten könnte.

Die Leute, die den Drohnenangriff durchgeführt hätten, habe man in der Nähe des Anschlagortes festnehmen können. Sie schwiegen noch, aber es handelte sich wohl um eine mafiöse Organisation, eventuell aus Brasilien, die nicht wollte, dass andere mafiöse Organisationen in den Besitz dieses Chips kämen.

Lucy bedankte sich und sagte, sie würde über alles nachdenken.

Der Mann aus Botswana verabschiedete sich, nicht ohne seine Visitenkarte und weitere Entschuldigungen da zu lassen.

Fragen über Fragen

Es war noch warm. Laternen gingen im Park an und die vielen kleinen Grüppchen, die inzwischen auf dem Rasen oder auf Bänken herumsaßen, erfüllten die Luft mit einem Summen wie am Ende einer langen Party, wenn die Band bereits aufgehört hat zu spielen.

Auch Lucy, Greg, Urs, Justus und Evelyn hatten ein schönes Plätzchen unter Palmen gefunden. Von Evelyn mitgebrachtes Bier in kleinen Flaschen fand regen Zuspruch.

Ich habe noch etwas für Dich, sagte sie zu Lucy.

Sie überreichte ihr Lucys Handtasche.

Oh mein Gott, rief diese. Ich hatte sie schon verloren geglaubt. Danke!

Lucy öffnete die Tasche, die sie vor Jahren auf einem Berliner Flohmarkt erstanden hatte. Ihr Smartphone mit all ihren Kontakten und ihrer Musik, ihre Weleda-Handcreme, ihr Tablet mit ihrem Vortrag und ein paar Schminkutensilien .... Tränen schossen ihr in die Augen. Es waren nicht die Dinge an sich, mit ihrem Verlust hatte sie sich schon abgefunden, und alle Daten hatte sie in ihrer Cloud gesichert, nein, es waren die vielen vertrauten Kleinigkeiten. Sie drückte den Beutel an sich.

Evelyn sagte: Das ist noch nicht alles! Sie griff in eine Tüte und zog die braune Jacke hervor, die Lucy an ihr im Flugzeug gesehen hatte. Die schenke ich Dir, sie ist zwar sicher kein echter Ersatz, aber ...

Jetzt war Lucy sprachlos. Kein OMG, kein Wow, sie war einfach nur platt. Konnte sie das annehmen? Ihre Augen wurden feucht. Sie drückte Evelyn an sich und legte die Jacke in ihren Schoß. Lucy konnte sie noch nicht anziehen oder daran riechen. Sie brauchten Zeit – die neue Jacke und sie.

Nun erzählte Evelyn von den Ereignissen aus ihrer Sicht und zeigte mithilfe ihres Tablets Fakten, die sie selbst, teilweise mit Unterstützung anderer Geheimdienste, über Lucys Reise recherchiert hatte:

Die Idee mit dem Chip unter der Haut, der dann in ihre Jacke gelangt war, hatte der eigene, südafrikanische Geheimdienst gehabt. Evelyn entschuldigte sich dafür:

Das war keine gute Idee! Sorry. Das Ding unter der Haut zu platzieren war noch blöder. Doppel-Sorry! Und für die Verwechselung war unser Mann in Berlin verantwortlich. Nochmal Sorry!

Woher die Bombe im Flugzeug kam, können wir noch nicht sagen. Unsere Fachleute untersuchen sie noch. Es war auf jeden Fall jemand, der den Chip nicht für sich haben, sondern zerstören wollte. Ganz merkwürdig und ebenfalls noch nicht geklärt, warum der Attentäter die Passagiere betäubt hatte ...

Ähh, meldete sich Urs, das waren wir, also der schweizerische Geheimdienst, oder? Wir hatten erfahren, dass das Flugzeug entweder gekidnappt oder gesprengt werden sollte. Wir hätten das Flugzeug gar nicht weiter fliegen lassen. Aber bei der Durchsuchung mit Schweizer Sprengstoffhunden und Kontrolle der Passagiere konnten wir nichts finden. Wir mussten also auf alle Eventualitäten vorbereitet sein und ich hatte das Gas und die Masken dabei. Es breitete sich auch nur im Passagierraum aus.

Ja, meldete sich Evelyn wieder, die Bombe war aus Kunststoff mit einem bislang unbekannten Sprengstoff. Dafür war der Zünder mit einer einfachen Digitaluhr versehen. Ich konnte ganz leicht die Zeit verstellen und so die Explosion im Frachtraum verhindern.

Sie erzählte das, als sei es die einfachste Sache der Welt gewesen, und fuhr fort:

Der amerikanische Geheimdienst in der Wüste kam nur zufällig ins Spiel, als wir Dich nach Deinem Absprung mit Urs Hilfe orten konnten. Wir haben sie eingeweiht und um Amtshilfe gebeten. Da haben sie auch nicht lange herumgemacht, sondern Dich in der Wüste gerettet.

Gott sei Dank! Und in Zinder, fragte Lucy, wer hat da auf Urs und mich geschossen?

Der französische Geheimdienst fand in Niger heraus, dass Algerier oder Tunesier den Chip rauben und teuer verkaufen wollten. Das mit dem Chip und dem Wachstums-Gen hatte sich schnell herum gesprochen. Und manche Gangster sind nicht zimperlich – da wird erst geschossen und dann gefragt.

Wer waren die Leute in der schwarzen Limousine an dem Flugplatz, wo wir durchstarten mussten? fragte Lucy schläfrig.

Vermutlich ein nationaler Geheimdienst. Allerdings glauben wir, dass die Chinesen den mit Informationen versorgt hatten. Die haben inzwischen großen Einfluss in vielen afrikanischen Ländern, vor allem seit sich die Afrikaner von den Europäern vernachlässigt fühlen.

Wer wollte uns in die Luft mit eine air-to-air rocket abschießen? fragte Greg.

Evelyn antwortete: Das wüssten wir auch gerne. Aufgrund der Größe des Flugzeugs haben wir den russischen Geheimdienst in Verdacht. Wir haben nachgefragt. Aber der russische Bär antwortet nur, wenn wir etwas Honig für ihn haben. Aber unser Topf ist gerade leer.

Und die Leute im schwarzen und im grauen Van? wollte Urs jetzt wissen.

Evelyn war um keine Antwort verlegen: In Botswana herrscht beim Geheimdienst gegenwärtig ein Machtkampf zwischen verschieden Gruppen. Möglicherweise ein von der Regierung nicht genehmigtes Handeln von kriminellen Mitarbeitern, die den Chip haben wollten, um ihn für viel Geld an den Höchstbietenden zu versteigern.

Noch mehr ungeklärte Fragen lagen in der warmen Nachtluft. Aber bereits nach einem Bier sank Lucy um und bettete ihren Kopf in Gregs Schoß. Der versuchte ihr zärtlich über den Kopf zu streicheln, musste aber das Vorhaben aufgeben, da ihre Haare immer noch von Staub und getrocknetem Blut hart und verklebt waren. Sichtlich gerührt sprachen alle leiser und machten sich auch bald auf den Weg ins Hotel. Evelyn hatte sich bei Urs untergehakt. Greg trug Lucy. Obwohl es schon dunkel war, summte er leise *Lean on Me* von *Bill Withers*.

Resozialisierung

Am nächsten Morgen erwachte Lucy schwer aus einem Traum und wusste erst einmal nicht, wo sie war. Sonnenlicht fiel ins Zimmer. Durch das Fenster drang gedämpft ein Großstadtbrausen, es hätte Berlin sein können.

In ihrem Traum war es um Chips gegangen: Sie hielt eine Tüte in der Hand, in denen sich Tracker befanden. Leute von allen Geheimdiensten der Welt hatten sich in einer Reihe aufgestellt, hielten eine Hand auf und sie legte in jede einen Chip. Als alle einen hatten, war die Tüte leer. Die Männer und Frauen setzten sich in einen riesigen Kreis. Lucy fand sich in der Mitte wieder. Die Geheimdienstler begannen ein afrikanisches Lied zu singen. Jede und jeder hatte einen roten Laserpunkt auf der Stirn. Lucy stampfte mit den Füßen rhythmisch auf den Boden und spürte, wie sich ihre Füße mit diesem vereinigten, ins Erdreich wuchsen und sie zu einem Baumstamm wurde. Ihre Arme verwandelten sich in Äste und ihre Haare in Zweige. Alles begann sich zu drehen ...

...sie drehte langsam den Kopf, da erblickte sie eine afrikanische Maske aus Ebenholz an der Wand. Langsam fiel ihr ein, wo sie war. Zuerst griff sie sich an den Kopf. Anstelle des Verbands klebte ein Pflaster an ihrer Stirn. Die Haare waren aber immer noch struppig. Sie hob die Decke – sie hatte einen Jogginganzug an. Wer hatte ihr den angezogen? Und vor allem - wer hatte sie ausgezogen?

Eine leise Melodie kam von irgendwo her. Sie brauchte einen Moment um sie zu erkennen. War das nicht *Nkosi Sikelel' iAfrika – God bless Africa*? Die südafrikanische Nationalhymne.

Wie viel Uhr war es überhaupt? Ein Wecker am Bett zeigte 11.30 a.m. Oh nein, ihr Vortrag in der Uni wäre heute Morgen um 9 Uhr gewesen! Den hatte sie nun verpasst. Schlagartig war sie wach und sprang aus dem Bett und trat auf einen Zettel:

Good morning! Gut geschlafen? Evelyn hat die Jogging clothes besorgt. Sie hat telefoniert mit university. Du kannst Vortrag in die Nachmittag halten – 4 p.m. Relax 'n take it easy. Breakfast ist in Hotel-Restaurant. Ich darf Flugzeug in Gaborone abholen und fliegen nach Pretoria. Melde mich bei Dir.

Greg

PS: Take a shower!

Ausblick auf Band 2:

Wer war der Attentäter im Saal ?

Wie kommt ihr Soziologie-Vortrag an?

Spielt sie noch eine Rolle auf der Klimakonferenz?

Gibt es mit Greg einen Rückflug oder mehr?

Wie geht es mit dem Weltklima weiter?

Ist Justus Michelson jetzt arbeitslos?

Wohin gelangt der Chip auf dem Pick-up?

Gibt es noch weitere Verfolger?

Scheiße – was ist jetzt mit Urs und der Schweiz?

Danksagungen:

an Margarita Pflaum für Lektorat und herzensgute Tipps,

an Jan-Lukas Pflaum für Design und Gestaltung des Umschlags und des Titels,

an Georg Gehring für seinen erfahrenen aviatorischen Check,

an Moritz Walter für seine Infos zu *tracking devices*,

an Jochen Holzwarth für seine Infos zu YouTube-Playlists

Playlist Songs:

- *Lucy in the Sky with Diamonds – The Beatles*
- *Heaven - Avicii*
- *This Shirt - Mary Chapin Carpenter*
- *Fallin' - Alicia Keys*
- *Unendlich – Silbermond*
- Madeleine Peyroux – Dance me to the end of love (written by Leonard Cohen)
- *Nur ein Wort - Wir sind Helden*
- *Ich bin Schni- Schna- Schnappi, das kleine Krokodil – (konnte nicht in die YouTube-Playlist aufgenommen werden)*
- *The Letter (Gimme a ticket for an aeroplane) – The Boxtops*
- *Stand by Me – Ben E. King*
- *Dancing In The Rain - Ruth Lorenzo*
- *You can Leave Your Hat on – Joe Cocker*
- *Waka Waka, this Time for Afrika – Shakira*
- *Venus – Shocking Blue*
- *With my own two Hands - Playing for Change*
- *Born to be wild – Steppenwolf*
- *Lean on Me – Bill Withers* (performed by Playing for Change)
- *Nkosi Sikelel' iAfrika (God bless Africa) – unbekannt*

„Dieser blaue Planet ist ein wunderbarer Lebensraum. Sein Leben ist unser Leben, seine Zukunft, unsere Zukunft."

His Holiness the Dalai Lama's Message for Earth Day, 22. April 2020

YouTube-Playlist:

https://www.youtube.com/playlist?list=PLFc5C4SElKDYpE4j
-O6KEp4PWE2QAMOuJ

(Stand Juni 2020)

QR-Code:

Impressum:

© 2020 Ulrich Markwald

1. Auflage 2.0

Autor: Ulrich Markwald

Umschlaggestaltung, Illustration: Jan-lukas Pflaum, Berlin

Lektorat, Korrektorat: Margarita Pflaum

ISBN: siehe Cover

Verlag und Druck: tredition GmbH, Halenreie 40-44, 22359 Hamburg

Bibliografische Information der Deutschen Nationalbibliothek:

Die Deutsche Nationalbibliothek verzeichnet diese Publikation in der Deutschen Nationalbibliografie; detaillierte bibliografische Daten sind im Internet über http://dnb.d-nb.de abrufbar.

Zitat-Nachweise:

Dalai Lama

Mit freundlicher Genehmigung (erteilt am 11.06.2020):
https://www.dalailama.com/news/2020/his-holiness-the-dalai-lamas-message-for-earth-day

Greta Thunberg

in ihrer Rede beim Weltwirtschaftsforum in Davos im Januar 2019, deutsche Übersetzung zitiert nach utopia.de: *https://utopia.de/greta-thunberg-zitate-128025/*

on Gottes gebot | gewirckt, Gott missfellig sint . | Fast tröstlich hinze-
legē die irrū | gen der zweispaltigen prediger . | Durch den wolgcbornē
meinen | gnedigen herren vō ysenburg , | Teutsch ordens mir zu-
gschickt | vnd also von wort zu wort vffs | fleissigst getruckt vñ voln-
endt . | ¹) M . D . XXV . |

Mit Titeleinfassung in Holbeins Manier, oben Engel. Auf der
Rückseite : Zum Christlichen leser . |

Am Ende Rückseite des letzten Blatts: Getruckt zu Wormbs,
durch | Peter Schöffern . | Im jar | M . D . XXV . | am . XXVII . des
Weinmonadts . | ²)

Quarto, 23 n. gez. Blätter + 1 leerem Blatt (A ɪɪ — F ɪɪɪ), grosse
Schwabacher Type. ³)

München Hofbibl.

Weller, repertorium n. 3681.

Herausgeber ist der Drucker Peter Schoeffer II, dessen Beziehungen
zum Verfasser dem Grafen von Isenburg unbekannt sind.

4. TENOR | Geystliche Gsangbüchlin, | Erstlich zū Wittenberg,
vnd vol - | gend durch Peter schöffern | getruckt, im jar. | M . D. XXV. |
Die Tenorstimme hat ein grosses gebogenes verziertes T mit in das
N verschlungenem O des Wortes TENOR. Auf der Rückseite dcs
sonst leeren Blatts der Altstimme steht: AVTORE JOANNE WAL-
THERO . |

Quersext, 118 Blätter zu fünf Stimmbüchern, Tenorstimme mit
47, der Altus mit 29, der Bassus mit 30, die Vagans mit 12 n. gez.
Blättern. Der Tenor hat als Signatur grosse, der Altus kleine, der
Bassus einen grossen und einen kleinen, die Vagans zwei kleine Buch-
staben. Die Textschrift ist auch bei den lateinischen Gesängen die
Schwabacher Type, die Namen der Stimmen und die Zahlen über den
Melodien sind in Antiquatype gesetzt.

---

1) So der Druck.

2) 27. October 1525.

3) In der merkwürdigen Vorrede bespricht der Herausgeber die herr-
schenden damaligen Zustände in Deutschland nach dem Bauernkriege: „Ich
hab durch herzlichen Schmerzen angesehen, was grosser Gotteslästerung,
Sünden und Schanden, auch was grossen Frevel, Gewalt und muthwilligen
Fürnehmens durch die zwiespaltigen Prediger in die Welt also kommen ist,
dass sich die allermuthwilligsten bösen Christen unterstahn die besten zu sein,
und in der Gestalt eines guten Scheins nehmen sie das Evangelium herfür,
suchen daraus alles, das ihnen dienstlich ist zu ihrem eigenen Nutz und Aufruhr zu machen, wie sie darin offentlich erfunden sein . ɪc.
Das Schriftchen kam in des Cochlaeus Hände, welche dagegen schrieb:
Eyn warhafftige Christenliche stroffung eynes Buchlins dem Herrn Dutsch Ordens
von Isenburg zugeschrieben. O. O. u. F. 1529. Quarto. 31 Blätter.
Cochlaeus hatte überhaupt die Wormser Verhältnisse sehr im Auge, über
seine Einmischung in Sachen der Wormser Wiedertäufer und Prediger vgl.
Becker, Beiträge S. 44. — Gegen die Prediger und Wiedertäufer zu Worms
schrieb er: De futuro concordiae in religione tractatu Vormatiae habendo.
Ingolstadii. 1545. Quarto.

Zeitfracht Medien GmbH
Ferdinand-Jühlke-Straße 7
99095 Erfurt, Deutschland
produktsicherheit@kolibri360.de